龍蛇と菩薩

伝承文学論

森　正人

和泉選書

『浦島絵巻』（日本民藝館蔵）　本文 p. 108～109

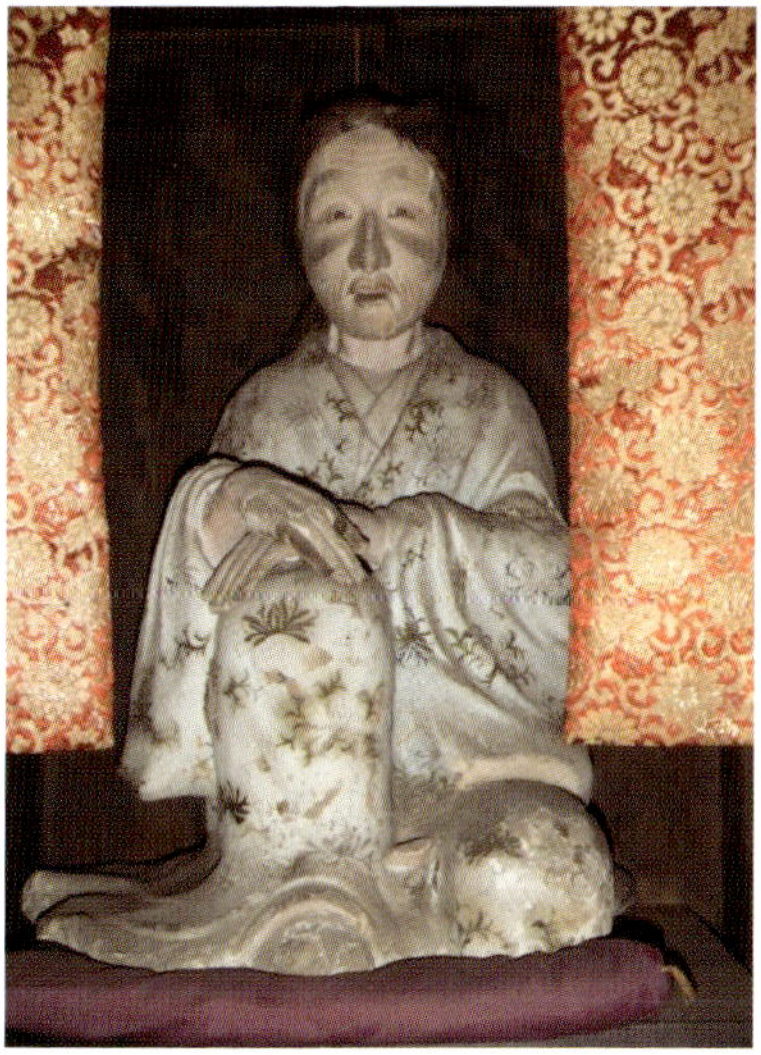

檜垣の嫗像（蓮台寺蔵）
本文 p. 153

檜垣の像と石壺（内柴御風『霊巌洞物語』霊巌洞物語刊行会　1933年）
本文 p. 175

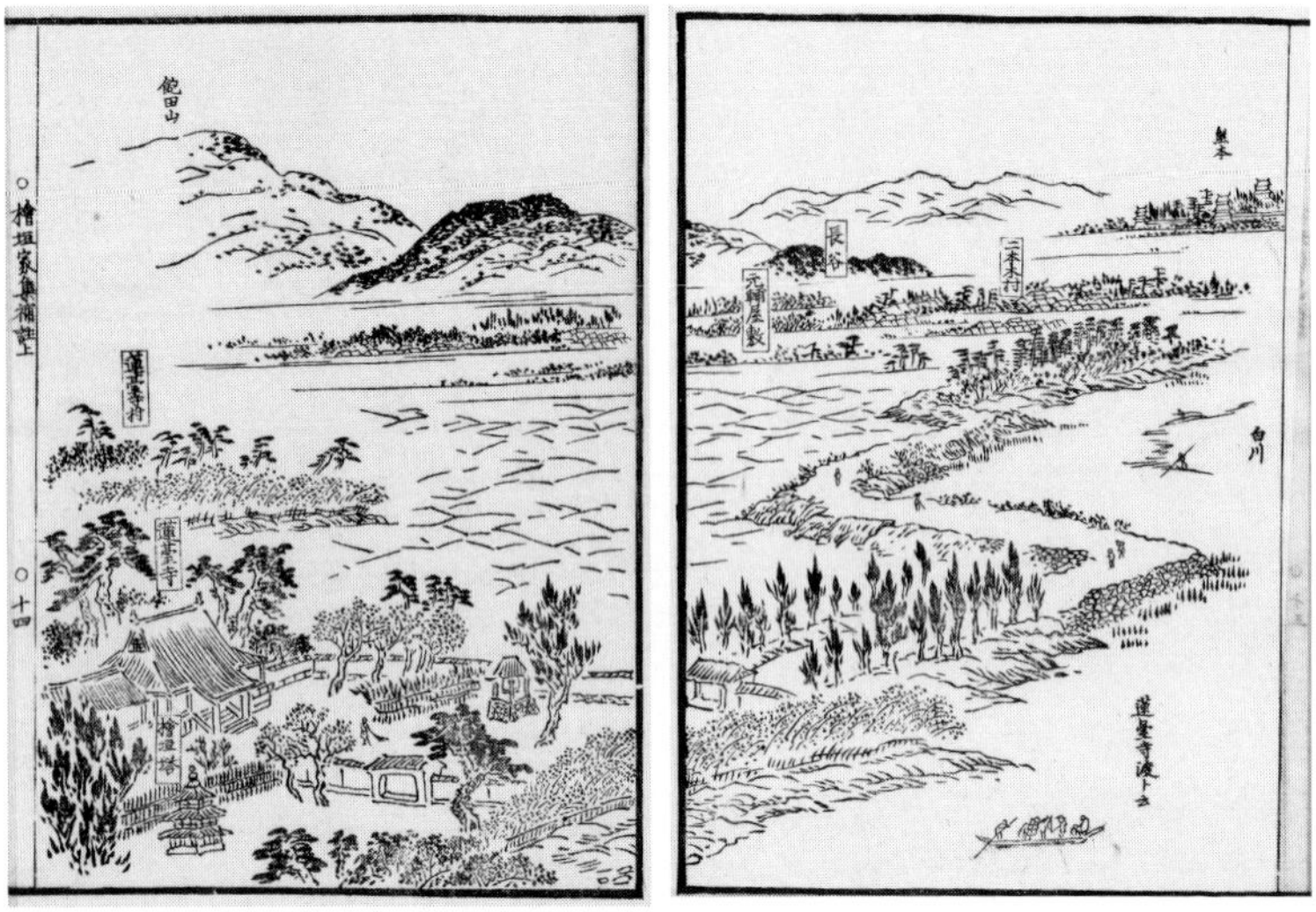

白川と蓮台寺　本文 p. 155

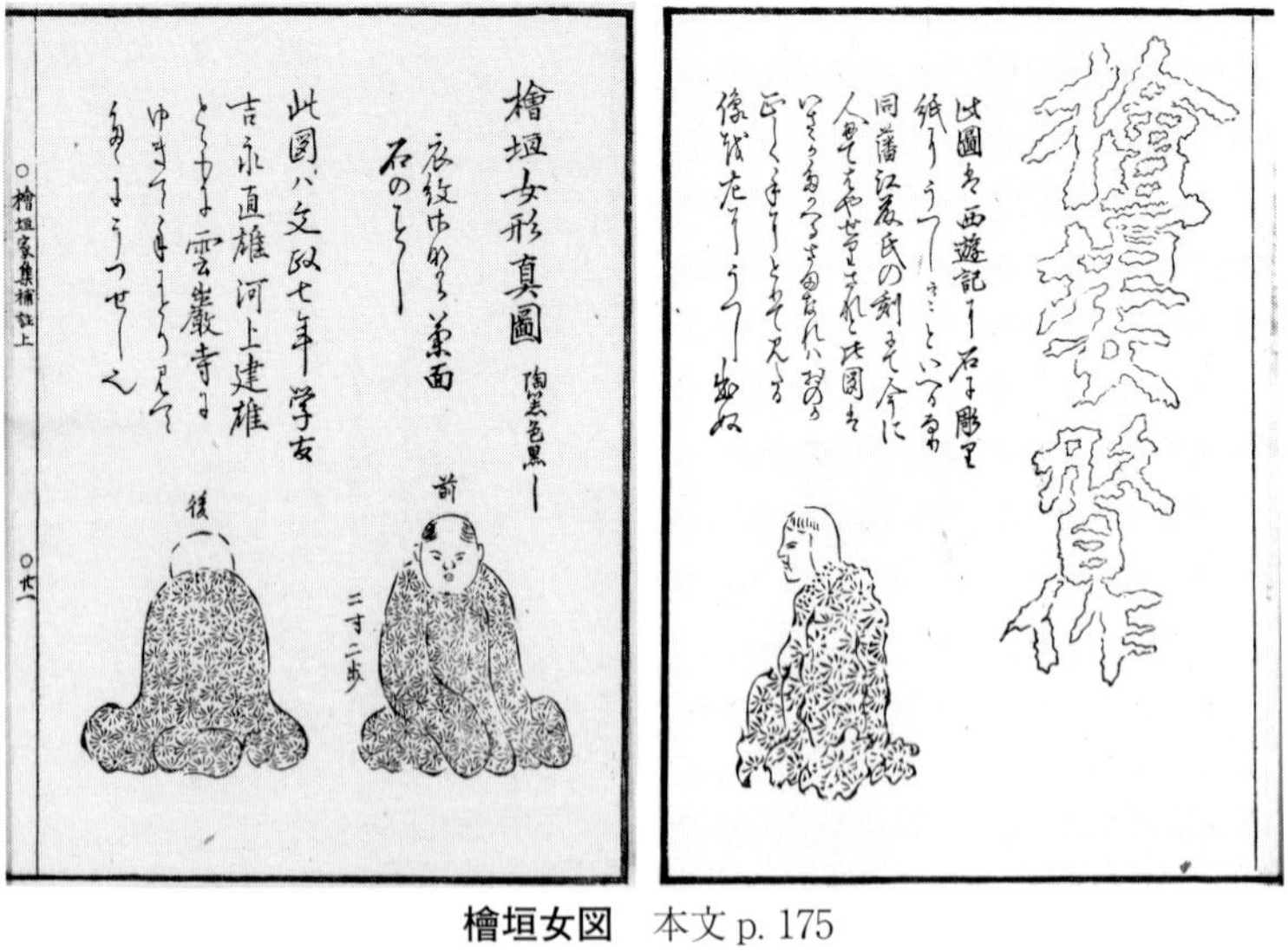

檜垣女図　本文 p. 175

上下とも『檜垣家集補註』（著者架蔵）

前書き――本書の主旨

ここではない所、ここにはない物、人の眼には見えないものであって、しかし働きとして感知されるもの、あるいは心のうちに思い描かれるもの、それらの文学的価値を明らかにし、それが言葉を通して表現される仕組みについて論述することを目的として、本書は執筆され編集されている。

ここに論述の対象とするのは、海原のかなたにあるとされる常世、ワタツミの宮、海や池あるいは川の底に想像される龍宮などの異境、水のほとりに出現する童子と女、雲の上あるいは雲の中にあって地上に水をもたらし閃光を投げかける雷、水の中に生息し、時に雲を巻き起こしながら空に昇り空を翔《かけ》る龍、海の生き物の長にして海の支配者としてのワニ、あるいは地中に潜《ひそ》み、地に這《は》い、時に蟠《わだかま》る蛇などである。これらの存在自体とその様態の如何もさることながら、ここで明らかにしようとしているのは、これらに対する古代・中世の人々の畏（恐）れ、敬い、頼り、忌み、憚り、嫌い、卑しみ、懐かしみ、憧れる心である。否、古代・中世の人々の心のうちに動いてやまないものを、龍蛇、雷神、刀剣、童子、翁、嫗《おうな》、若く美麗な女、仏、菩薩、神霊として表現する機制（仕組み）を問題にしようとしていると言った方が正確であろう。本書はこれらを龍蛇と菩薩に代表させて表題とした。

我々現代社会に生きる者にとって、右のような古代・中世人の心の働きを十全に理解することはもはやむずかしい。本書が取り上げる古代・中世人の思い描いていた世界、感じ取っていた存在は、科学と合理的思考の前に無残に色あせ、力なく萎《な》えてしまっているようにも見える。しかし、古代・中世人をしてそのように想像させ、感知させていたところの心の構造そのものまでもが現代の人間から失われてしまっているわけではないであろう。このような観点に立って、本書は、古代・中世の文献を主たる資料として、そこに記される伝承された歌、物語、説話、あるいは絵画、肉体の所作を読解の対象とはするけれども、むしろ、それらにこめられて長く伝承されてきた心とその働きをこそ、現代を生きる我々の課題として問おうとするものである。

本書は、古代日本が仏教、中国の思想と文化を学び受け入れるなかで生み出され、時の流れとともに変化しつつ伝承される文学の相を分析する。仏教や中国思想と日本列島の基層的な文化との新旧の出会う局面には反発、調和、排除、摂取、結合、融合などさまざまの運動が生まれる。そして、それらの運動こそが歌や物語などの種々の表現の源泉であると言ってもよいであろう。しかし、それは完了し完結したできごとなのであろうか。この列島に生を営んできた人々の考え方や感じ方には、昔のその時の先祖の経験が幾重にも折りたたまれているのではあるまいか。歌い、語り、舞うことはそれを追体験することにほかならない。文学は、誰が歌い始め語り始めたとも知れない歌や物語であっても、あるいは確かに名の知られる作者が創り出したと見られる作品であっても、それまでの文学の歴史に規定されて生成する。過去の文学を受容し、それに働きかけ、働きかけられることなしに言葉を紡ぎ、作品表現を織り出すことはできないのではあるまいか。

このように、享受されることを通じて創造され、あるいは創造されることを通じて継承される言語表現、それが本書に言うところの伝承文学である。

資料の引用にあたり、漢文は返り点を付し、あるいは読み下し、片仮名交り文、平仮名文については読みやすく表記を整えた。

目次

第一章　龍蛇と菩薩
――救済と守護――

一　はじめに

龍蛇は三悪道のうちの畜生の一類であり、三熱の苦を受け、畜生のなかでも特に劣った存在、また貪・瞋・痴の三毒の象徴であり、仏教による救済を待つ存在であって、しかしながら、ある場合には仏菩薩が人間界に顕現する時の姿でもある。したがって、龍蛇は寺院縁起譚や仏教霊験譚に繰り返し登場し、大きな役割を果たしている。彼らはなぜそれほどの位置を得ているのであろうか。古代・中世の人々は、こうした否定的なものの意義、劣悪な存在の価値について、仏教の教義・教理だけでなく、非創作的で多くの人々の参加によって生まれ、伝えられる説話という方法によって最も的確に最も面白く語ってみせてくれる。そこで、そのような龍蛇に対する古代中世人の認識と感性をたどりなおし、そのことを通じて、それらさまざまの説話が同じ構造をそなえていることを明らかにしつつ、仏教説話を文学的に評価する一つの試みである。

二　龍蛇とは何か

龍蛇の映像

日本の古代中世の伝承文学および芸能には、龍蛇が大きな役割を与えられて登場する。そこでは、龍蛇は単なる生き物ではない。呪術的、文化的、思想的な意味を帯びて、日本宗教の古層に蟠踞しているばかりでなく、中国の思想と文化を担い、また仏教教典のなかにもさまざまのかたちで登場し、教理とも結びつけられている。日本では固有の宗教や文化の上に、中国文化、仏教思想が移入され重層し融合しているために、日本の龍蛇の性格も複雑であり、多義的である。ここに、そのような龍蛇が伝承性の強い文学においてどのように形象されているかについて検討を加え、その文学的意義を明らかにしようとするものである(1)。

龍（辰）と蛇（巳）とは十二支でも別個の存在であり、一方では想像上の生き物で、その威力ゆえに尊崇のまなざしを向けられるが、一方では現実に存在する、人間からはあまり好感を持たれない虫または爬虫類として扱われる。しかし、東アジアでは両者は相互に関係深いもの、類縁のもの、同種のものと見なされることが多い。

第一に、龍は本来蛇形であるとされる。人間の姿を取ることもできるが、眠っているときには蛇体を顕してしまい、この世にはしばしば蛇の姿で出現すると考えられている。今昔物語集巻第三第十一

「釈種、龍王の聟と成る語」には、人間の姿で地上に現れた龍女と結ばれ、龍王の聟となり龍宮に住むことになった天竺の釈迦族の若者が、ふだん接している龍族の男女は気高く美しく見えるけれども、本体は蛇体であることに思い至り、気味悪く感じることが語られる。

　此ノ釈種ノ思ハク、「カク有リト云ヘドモ、此等皆、実ニハ蛇ノ蟠《わだかま》リ蠢《むくめ》キ動《はたら》キ合ヘルニコソハ有メ」ト、常ハムツカシク物恐シ。

また、今昔物語集巻第二十第十一「龍王、天狗の為に取らるる語」には、龍が棲み処とする讃岐の万能の池（満濃池）から小蛇の姿で外に出ていたとある。

　其池ニ住ケル龍、日ニ当ラムト思ケルニヤ、池ヨリ出テ、人離タル堤ノ辺ニ、小蛇ノ形ニテ蟠リ居タリケリ。

　第二に、「蛇」と表記して、「ヘビ」（古くは「ヘミ」）とも「クチナハ」とも「ヲロチ」とも「ジャ」とも読みうるが、「ジャ」という時には、単なる「虫豸類」（和名抄　元和古活字本巻第十九）ではなく、ほかの呼称と区別して霊力ある存在、ほぼ龍に等しい存在と見なしてそう呼ぶことが多い。辞典から摘記しておく。

　じゃ　大きなヘビの総称。また、古代中国の想像上の動物。龍に似て、手足がない。おろち。うわばみ。大蛇。だ。

（『日本国語大辞典　第二版』小学館）

この辞典には、名語記（鎌倉時代の語源辞書）の記述を一部掲げるが、当該項目を引用すれば、次のように説明されている。

大キナルクチナハヲジヤトイヘリ、如何。ジヤハ蛇ナリ、大キニナレバジヤトイヒ、チヒサキホドヲバタダクチナハトイヘル也。

ジャとヘビ

次の事例は、中世の右のような通念を裏書きするといえよう。すなわち、宇治拾遺物語第八十七「観音経蛇に化して人を輔《たす》け給ふ事」に、大蛇が出現したとして「えもいはず大きなる蛇なりけり」という一節がある。日本古典文学大系、新潮日本古典集成、新日本古典文学大系、新編日本古典文学全集は、「蛇」という漢字表記に「くちなは」と付訓するが、適切ではない。同じ説話を載せる梅沢本古本説話集下第六十四に、「えもいはすおほきなるしやなりけり」と仮名表記される通り、「ジャ」と読まなければならなかった。この蛇は、その背に人が乗ることができるほどに大きく、しかも後に明らかになったところでは観音の化身であった。二次的な解釈ではあるが、宇治拾遺物語の江戸時代の板本の挿絵には、一対の角、髭、足のある大蛇の姿で描かれる。

やや時代は下るけれども、「じやのみちはへびがしる」「じやは一寸より大かいをしる」（毛吹草第二世話）などの諺は、「ジャ」が、「ヘビ」に似て格上の存在であることを示すものである。また高谷重夫は、民間では今日も「蛇をジャと呼んで龍と同様のものとする」(2)ことを指摘している。

蛇と龍とが同種の存在と見なされるのは、漢語においても同様である。

蛇　へび。くちなは。ながむし。［尚書大傳、洪範五行傳］時則有龍蛇之孽。［注］蛇、龍之類也。或曰、龍無角者曰蛇。（諸橋轍次『大漢和辞典』大修館書店）

これらを通じて、龍と蛇とを厳密に区別するよりは、一括して扱うことが可能であり、また扱う必要があると知られよう。

三　三毒の象徴としての龍蛇

道成寺説話

龍蛇とは、仏教の観念では、畜生のうちでも特に劣った存在、罪深いものの受ける姿、貪・瞋・痴の三毒の象徴とみなされている。

たとえば、愛欲や貪欲などのために、人間が死後あるいは生きながら蛇の姿になってしまう、そして仏教の力によって救われるという展開をとる説話は多い。その典型として、仏教説話集のほか、室町時代の絵巻と草子、能、江戸時代の演劇等さまざまのジャンルで長く享受されてきた道成寺説話についてみよう。文献資料としては最も古い本朝法華験記巻下第一二九により、重要な箇所については本文を引用し、本朝法華験記についで古い今昔物語集巻第十四第三（本朝法華験記に依拠している）の本文を一部には併記しつつ、以下に梗概を示す。

1、熊野参詣の山伏が宿の女に恋慕され、山伏は下向の折に寄ると約束する。
2、約束の日を心待ちにしていた女は、道行く人より、かの山伏はすでに下山して通り過ぎたと聞く。
3、女は離れ屋に入り「即ち五尋《ひろ》の大きなる毒蛇の身と成りて」／「大ニ嗔《いかり》テ家ニ返テ寝屋ニ籠居ヌ、音セズシテ暫ク有テ、即チ死ヌ。（中略）五尋許《ばかり》ノ毒蛇、忽ニ寝屋ヨリ出ヌ」。出てきた毒蛇は山伏を追いかける。
4、山伏は道成寺に逃げ込み、下ろした鐘の中に隠れる。
5、蛇は鐘に巻きつき尾で龍頭を叩く。山伏は鐘もろとも焼き殺され、蛇は去る。
6、道成寺の老僧の夢に、大蛇が現れ、「遂に悪女のために領ぜられて、其の夫と成れり」／「其ノ毒蛇ノ為ニ被領《りやうぜられ》テ、我レ、其ノ夫ト成レリ」と告げ、法華経を書写し供養してほしいと訴える。
7、老僧が、諸僧とともに法華経を書写供養すると、その善根によって二蛇は天に生まれたと夢告があった。

女が蛇になってしまったのは、僧に対する愛欲の念と執心にとらわれ、また裏切られたことに対する憤りの結果であった。しかも、僧を鐘の中で焼き殺しただけでなく、はてはその死後も蛇道に引きずり込んで夫婦になったとする。この説話の大きな特徴は、今昔物語集を除き、本朝法華験記をはじめすべての資料で女は生きながら大蛇となったとするところで、これを通じて女の憤怒と執念のすさまじさを表現しようとしているのであろう。ただし、今昔物語集編者はこの展開を不合理と感じたらしく、3に引用したように女は死後に転生したと書き換えた。これらに対して、道成寺縁起絵巻（道成寺蔵）の詞章では、女が僧を日高川まで追いかけてきて、「其時きぬを脱捨て人毒蛇と成て此河をばわたりにけり」と書かれる。ところが絵はこれと齟齬して、女は僧を追いかけながら、はじめ顔が、ついで上半身が、はては全身がと、女が蛇体に変じていく過程を段階的に描いてある。絵巻を見る者に視覚的に訴える絵師の工夫であろう。賢学の草子では、船で逃げる僧を追って日高川を泳ぎ渡る時に大蛇となったとし、絵にもそのように表現される。一方、能の「道成寺」はこの物語の後日譚で、新しく鋳造された鐘の供養に結縁すべく道成寺にやって来た白拍子（実は女の亡霊）が、隙を見て釣り鐘を落として中に籠もり、やがて鐘の中から蛇体となって出現することになる(3)。

毒龍・毒蛇の苦悩

次の例は、僧でありながら死後「大ナル毒蛇」となったという説話である。その僧は、仏道は熱心に勤めても吝嗇であったという。そのため、死後は毒蛇となって生前に蓄えた銭を守っていたとされる。

智《さと》リ無ガ故ニ、邪見ノ心深クシテ、人ニ物ヲ惜テ与フル事無カリケリ。（中略）「実ニ、師ノ、銭ヲ貪《むさぼり》テ此レヲ惜ムニ依、毒蛇ノ身ヲ受テ、返テ其ノ銭ヲ守ル也ケリ」ト知ヌ。

（今昔物語集巻第二十第二十四）

類例は多い。蛇体は見た目に恐ろしく不気味に映るばかりでなく、それ自身が苦しみの多い存在と考えられていた。一例を示せば本朝法華験記巻上第二十九、生前は殺盗、邪淫、飲酒など放埒の限りを尽くして死んだ定法寺の別当僧の霊が妻に憑依して、死後蛇になったとその苦しみを訴える。

悪業に依りての故に、極悪の大蛇の身を感得せり。蛇の霊、妻に着附して、悲しび涙して受苦の相を宣《の》ぶらく、（中略）此の故に大苦悩最悪麁重の身を受けたり。熱きこと焼ける火のごとく、草木気に当たりて、皆悉くに枯渇す。無量の毒虫は、わが身を棲《すみか》となして、皮肉《かはしし》を唼《す》ひ食らふ。水食得がたく、還りて我が身を飲む。

この表現は、たとえば往生要集に次のように記される仏教的な龍蛇像と重なる。

第三に畜生道を明かさば（中略）又諸の龍衆は、三熱の苦を受くること、昼夜休《や》むこと無し。或いは復た蟒蛇は、其の身長大にして、聾騃《らうがい》にして足無く、宛転として腹行し、諸《もろもろ》の小虫のために唼《す》ひ食はる。

（往生要集巻上　読み下し）

これらを通して見過ごしがたいのは、本朝法華験記、今昔物語集、道成寺縁起絵巻等には、蛇の境遇を得た存在に対していずれも「毒蛇」という表現を与えていることである。この捉え方は、右の本朝法華験記第二十九に別当僧の死後を「極悪の大蛇の身」と記述するところを、今昔物語集巻第十三第四十四「定法寺の別当、法花を説けるを聞き益を得たる語」には、「大毒蛇ノ身」と言い換えていることと併せて注意される。毒蛇とは何か。日本の仏教説話に大蛇が人を呑もうとする場面はあっても、蛇の持つ毒がその他の動物や人間を悩ませたり、死なしめたりする場面はほとんど書かれない。わずかに、先の本朝法華験記巻上第二十九に「草木気に当たりて」とは蛇の毒気のことをいうのであろうが、これらを除き毒の持つ意味はむしろ観念的であった。では毒とは何か。ここで、次のような説明が参考になる。

此の三毒通《あまね》く三界一切の煩悩を摂す。一切の煩悩は能く衆生を害す。其れ猶ほ毒蛇の如く、亦毒龍の如し。是の故に喩説に就きて名づけて毒と為す。

（大乗義章巻第五本　大正新修大蔵経巻第四十四・五六五頁　読み下し）

仏教では、貪・瞋・痴を三毒とし、衆生はこれらを克服しない限り煩悩にとらわれ続けることになる。このように「毒」という言葉が邪悪な心や煩悩や罪業の譬喩として用いられることを踏まえ、龍蛇の罪障深いあり方を捉えたのが「毒龍」「毒蛇」という言辞であった。

このような意味で、龍蛇は仏法によって制圧され、追放されるべき存在として位置づけられる。たとえば、この道成寺説話の後日譚として作られた能「道成寺」の場合、鐘の中から出現した蛇（女の亡霊）は、道成寺の僧侶達の験力に祈り伏せられて「日高の川浪、深淵に飛んでぞ入りにける」と敗北が明言される。これが現行のかたちであるが、しかし一方で、このように改作されるもとになった能「鐘巻」では次のように結ばれて、女＝蛇の救済が示されている。

深淵に帰ると見えつるが、またこの鐘をつくづくと、またこの鐘を、つくづくとかへり見、執心は消えてぞ失せにける。

龍蛇は、このように制圧追放と保護救済の間を揺れ動かなければならない。

四　水辺の龍蛇の死骸の上に建つ寺院

龍の聴聞と降雨

罪障重い龍蛇が、たまたま仏法と縁を結び、仏教や天下のために尽くそうとの願を起こし、これを実践したという説話も少なくない。日本では、天帝ないし龍王の許諾を得ずに、国土と人民を救うために命をかけて雨を降らせたという説話が、本朝法華験記巻中第六十七「龍海寺沙門某」、今昔物語集巻第十三第三十三「龍、法花の読誦を聞き、持者の語らひに依り雨を降らして死ぬる語」、東大寺要録巻第四「講堂」、元亨釈書巻第四「釈法蔵」、雑談集巻第九「冥衆ノ仏法ヲ崇ムル事」など多くの文献に出る。このうち、本朝法華験記および今昔物語集は、法華経霊験譚であると同時に、「龍」の文字を持つ四あるいは五箇寺の寺院建立縁起譚としても語られている。法華経の講釈を聴いた龍が、僧に恩を報いるために、天下の旱魃に当たりみずからの命を賭して雨を降らせたというのである。

1、大和の国平群の郡龍海寺に一《ひと》りの沙門あり。能く法華を持《たも》てり。（中略）数年の功を積みたり。

時に一の龍有り、講経の貴きを感《め》でて、人に変じ毎《つね》に講経の庭に来たり住し、法華経を聞く。（中略）沙門と龍と親昵の志を成せり。（中略）時に天下旱《ひでり》して雨降らず。（中略）天皇勅命を下して件の僧を請ず。「沙門の講経に龍来たりて法を聞く。其の龍を語らひて当《まさ》に雨下《ふ》らしむべし（下略）」と。

2、龍言はく、「我頃年の間法華経を聞きて悪業の苦を抜き、既に善報の楽を受けたり。此の苦身を捨てて、当に聖人の恩に酬《むく》ゆべし。是れ雨は我が知る所に非ず。大梵天王等を始めと為て、国土の災ひに依り、雨を止めて降らしめず。若し往きて雨の戸を開かば、当に我を殺すべし。願はくは、我此の身命を以て妙法に供へむ。当に三日の雨を降らしむべし。聖人、我が死骸を埋め、その上に寺を立てよ。又我が行く所四所有り。皆其の所々に伽藍を建立せよ。仏の地と成すべし」と。此くの如く語り已《おは》りて、僧と別れ畢《おは》りぬ。

3、即ち約《ちぎ》りし期《とき》に臨みて、俄に雷電を鳴らして大雨自づから降れり。（中略）世間は水充満し、五穀豊かに稔れり。公家は随喜せり。

4、聖人法華経を講じ、龍と約りし所の如く伽藍を建てたり。名づけて龍海寺といふ。其の余四所、亦た寺を建立せり。所謂龍門寺、龍天寺、龍王寺等なり。（本朝法華験記　読み下し）

龍蛇が己の身を犠牲にしたのは、龍蛇としての苦しみの多い生を終え、仏法聴聞の功徳によって来世は安楽な存在として転生することが期待されるからである。大梵天王等の命を守らず雨を降らすことはみずからの死を意味するが、聞法の恩に報いる行為であるからには、死後の救済は揺るがない。まして、自身の死骸の上に寺が建てられるとなれば。

この説話は、今昔物語集にも引用されている。今昔物語集が本朝法華験記を資料としたことは疑いないけれども、両者の間には寺の名（今昔物語集には龍苑寺、龍心寺、龍天寺、龍王寺とする）を始めとして、多少の相違がある。その一つ、龍がみずからの死に場所について「平群ノ郡ノ西ノ山ノ上」にある「一ノ池」と告げ、この言葉に従って僧が龍の遺骸を尋ねるくだりは本朝法華験記にない。

其ノ後、聖人龍ノ遺言ニ依テ西ノ山ノ峰ニ行テ見レバ、実ニ一ノ池有リ。其ノ水紅ノ色也。池ノ中ニ龍ヲ断々《つだつだ》ニ切テ置ケリ。其ノ血ノ池ニ満テ紅ノ色ニ見ル也ケリ。

これらの部分については本朝法華験記以外の別の資料が参照されたのであろうが、このように水が血の色に染まったという陰惨な叙述に日本的な特徴を見てもよいであろう。

龍蛇の聴聞・降雨譚の日本的展開

僧と龍との契約によって、龍が雨を降らして天下を災いから救い、僧がその龍を仏教の力で救うという説話の型は、中国の仏教説話の移入であるが、龍の死が語られるのは日本独自の要素であると認められる。たとえば、弘賛法華伝巻第三慧遠の場合、龍は鞭打ちの罰を受けるにとどまる。他の中国説話もおおむね趣を同じくする。(4)

時に亢旱《ひでり》属《つづ》く。乃りて法華を講じ、以て甘液を祈る。（中略）毎《つね》に二老有りて、時に応じて坐す。（中略）既に講薬草喩品に至り、大きに雨ふり霑《うるほ》ひ洽《あまね》し。向《さき》の二老三日来らず。後に策杖して倶に臻《いた》る。遠、怪しび呼びて問ふ。乃ち逡巡して対《こた》へて曰く、弟子は龍なり。比《このころ》法師の譬喩の品を弘め、方便の門を開くを蒙り、徳恵に酬《むく》いむと思ひ、忽然と雨を降らしむ。但し、時未だ応《まさ》に下《あめふ》らしむべからざるに、敢へて擅《ほしいまま》に之を灑《そそ》ぐ。故に龍王の為に笞《むちうたる》るのみ、と。

（大正新修大蔵経巻第五十一・一九頁　読み下し）

本朝法華験記、今昔物語集に語られる龍海寺縁起は、仏教霊験説話としての龍蛇聞法降雨譚を、寺院縁起として発展させ定着させたものということができる。そこで、龍の棲み処であった池、水を司る龍の死骸の上に寺院が建立されたと語られるのは、何か特別の意味があるのではないか。

ここで想起されるのが、石山寺、清水寺、長谷寺など著名な観音寺院は多く水のほとりに建つということである。そこは、本来先住の神の聖地であった。神々は水の支配者であり、そこを新しい宗教に譲ってみずからは地主神となって宗教の表舞台から退く。そのことは、すでに西郷信綱が[5]、古代日本では観音寺院が山の岩場、水の涌く所、滝の水の落ちる所に建てられることに注目して、「山や水の古い神たちのすでに領する地に、今来の神として観音は示現した」と説いたところである。

ここでは、平安時代より貴族から庶民まで広く信仰を寄せ、今日も参拝者の絶えない石山寺と清水寺の縁起を取り上げる。

聖武天皇の御願、良弁僧正の建立。（中略）夢覚めて此の山に到る。老翁、大巌石の上に居て魚を釣る。（中略）答へて云はく、我は是当山の地主比良明神也。此の処は観音垂迹して、多く衆生を利す、と。此くの如く示して後見えず。僧正件の巌石の上に忽ちに草庵を結びて

（阿娑縛《あさば》抄「諸寺略記」石山寺　読み下し）

［賢心］其ハ、「新京ヲ見ム」ト思テ、長谷ノ城ニ至ラムト為ニ、淀川ニシテ金ノ色ノ水一筋ニテ流ルヲ見ル。（中略）新京ノ東ノ山ニ入ル。山ノ体ヲ見ルニ、峻クシテ木暗キ事無限《かぎりな》シ。山ノ中ニ滝有リ。（中略）滝ノ西ノ岸ノ上ニ一ノ草ノ庵有リ。其中ニ、一ノ俗□、年老テ髪白シ。（中略）翁答テ云ク、「姓ハ隠レ遁レタリ。名ヲバ行叡ト云フ。我レ、此ニ住シテ二百年ニ及ブ（下略）」

（今昔物語集巻第十一第三十二「田村将軍始めて清水寺を建つる語」）

良弁僧正に石山寺建立の基となる岩を譲ったのは、地主の比良明神であった。尋ねて来た賢心に清水の霊地を譲り与えたのは神秘性を帯びた翁であるが、一般に翁は神がこの世に顕現する時の姿である。このように、先住の神は永年領有していた場所を仏菩薩に明け渡し、仏法による保護を受けつつ、仏法を守護する関係を取り結ぶのであるが、このあり方は、明らかに龍蛇聞法降雨譚における龍の役割と照応する。すなわち、水神との契約によって寺院が建立されるという点で、この二つの型の説話は、構造が等しい。

先住の神が鎮座する場所を仏法に献ずるという縁起を持つ観音寺院は数多いが、神々は、発願者の

前に石山寺の地主比良明神のようにしばしば非農耕民の姿で現れる。三井寺は智証大師円珍が三尾明神より譲られた場所に立てられるが、明神は老僧の姿ながら、鮒を食するのをもっぱらとしていたという（今昔物語集巻第十一第二十八）。琵琶湖の漁撈民の面影を持つ。また、高野山は、弘法大師空海が、犬飼の姿で現れた高野明神に導かれ、山人の姿で現れた丹生明神から領地を得て建立された（今昔物語集巻第十一第二十五ほか）。漁師や猟師の姿は、農耕以前の古い文明の担い手であり、しかも直接生き物の命を奪う点において、仏教的にはいちだんと罪深い存在と見なされがちであった。右に見たような寺院縁起譚の語り方は、新しい宗教に場所を譲るのが、太古の昔よりその地を支配してきた神々であったということを示唆するものにほかならない。龍蛇もまた彼らの同類であったということができる。

五　霊池に顕現する龍蛇＝菩薩

龍蛇としての観音／観音としての龍蛇

見てきたように、仏法にとって龍蛇とは制圧し追放すべき対象であり、また保護しかつ守護される存在でもあった。ここからさらに一歩進めて、龍蛇と仏菩薩とは同体であるとする語り方もある。

日本の古くからの山岳宗教が仏教と結びつき、各地の山々は修験の霊場となる。その霊場を開き、また各地の霊場を廻国する聖たちが、古い土着的な宗教を引き継ぎ、仏教との結合あるいは融合に努めたらしい。そのような聖の一人が泰澄である。本朝法華験記巻下第八十一「越後国神融法師」には、「沙弥神融、俗に古志《こし》の小大徳《こだいとく》と云ふ。多くの名あり。これを注さず」と沙弥として扱われ、多くの名を持つと紹介されるが、元亨釈書巻第十五「釈泰澄」には、朝廷より神融禅師の号を授けられ、後に泰証、泰澄と名乗りを変えたという。神融と泰澄とが同一人物かどうか疑わしいとされるが、奈良時代に古志すなわち越の国を拠点に盛んに活動した宗教者たちの集合的な面影を見ることができる。
その活動は、たとえば次の説話に語られている。

澄、乃《よ》りて白山の天嶺の絶頂に登りて、緑碧の池の側に居て、持誦専注するに、忽ちに九頭龍池の面に出づ。澄曰く、是方便して現ぜる体ならむ。本地の真身には非《あら》じ、と。持念弥《いよい》よ確《かた》し。頃刻《しばらく》して、十一面観自在菩薩の妙相、端厳にして光彩赫熾たり。

（元亨釈書巻第十八「白山明神」読み下し）

阿蘇の社に詣づるに、九頭の龍王ありて、池の上に現じたり。泰澄曰く、あに畜類の身をもて、この霊地を領ぜむや。真実を示すべしといへり。日漸くに晩《く》れむとするとき、金色の三尺の千手観音有《ま》しまして、夕陽の前、池水の上に現じたまへり。

（本朝神仙伝「泰澄」読み下し）

山上の霊池に棲む神としての龍蛇身と観世音菩薩とが同体であるとは、古来の宗教が、新しい仏教に引き継がれたことを意味するものであり、泰澄のような山岳修行者たちが新旧の宗教の結びつきを促し、媒介したということを示してもいるであろう。これらにあって、九頭龍を「畜類」と称するところには、古い神を卑しめ貶める視線があり、対照的に観音について美しさと光り輝く様を記述するところには、仏法の優越性を強調する姿勢があからさまに見える。しかし、それでもこのように観音が龍蛇と同体であると語らなければならなかったのは、古い信仰への配慮なくして仏教の流布定着は困難であったからであろう。新旧の宗教の間の対立、新旧の信仰の葛藤、これらが隠微に表現されている。(6)

小林太市郎は、高僧伝巻第十三曇頴伝を示して龍蛇と観音の関係について説く。すなわち、皮膚病にかかった僧が観音に祈っていたところ、像の背後から蛇が壁を伝って登り、そのあと蛇の涎のついた鼠が落下し、その涎を皮膚に付けたところ、病が癒えたという説話を示し、蛇は観音の化身であると解し、そこから人面蛇体の女神の女媧と観音の関係に論及していく。(7) 観音が蛇体で出現する理由については、観音信仰の側からも説明しうる。法華経観世音菩薩普門品（観音経）に、観音は衆生に応じて三十三身に姿を変えて救済するとして、次のように説く。

天、龍、夜叉、（中略）摩睺羅伽《まごらが》、人、非人等の身を以て度《すく》ふことを得べき者には、即ち皆之を現はして、為に法を説くなり。（読み下し）

摩睺羅伽は蛇のことであり、曇頴の場合はこの教義を説話化したということができるが、観音の原像としての龍蛇神を背景に置いて説話には現実味が与えられていた。

救済するものと救済されるもの

観音が龍蛇に姿を変えて衆生を救済する説話は日本にもある。すなわち、奥州に鷹取を生業とする男がいた。鷹取の男が鷹の雛を取ろうとして、登ることも降りることもできない高い崖の中腹に、幾日も取り残されてしまう。絶体絶命の窮地に、観音に救いを求めると、大蛇が出現し、それに刀を突き立て取りすがって崖の上に出ることができた。後に、鷹取は、大蛇に突き立てたはずの刀が、かねて信奉していた観音経に刺さっているのを見て、観音の弘誓の願の大きさと深さを改めて知る。

この説話は、①本朝法華験記巻下第一一三、②今昔物語集巻第十六第六、③取鷹俗因縁（説草）、④梅沢本古本説話集下第六十四、⑤宇治拾遺物語第八十七、⑥金沢文庫本仏教説話集（三十五）の六つの資料が知られる。このうち、②と③は①に基づき（ただし②は一部他の資料を参照したか）、④⑤は同系、という関係にあり、三系統に分かれる。この様相から、この説話が平安時代から鎌倉時代にかけて広く伝えられていたこと、③⑥の資料から説法の因縁譚として利用されることも多かったことが知られ、それだけにこの説話の有する価値とそこにはらまれる問題の大きさが窺われよう（8）。

これまでの検討によって得られた観点からこの説話を読み解くこととするが、ここではその一部にとどめざるをえない。ここに大蛇出現の場面について①④の本文の一部を掲げておく。

大悲観音、地獄の苦しびを抜きて、浄土に引接《いんぜふ》したまへといふ。大きなる毒蛇ありて、海の中よ

り出でて、岩に向かひて登り来て飲呑《の》まむとす。（本朝法華験記巻下第一一三　読み下し）

「弘誓深如海」と申すわたりを読む程に、谷の奥の方より、物のそよそよとくる心地のすれば（中略）えもいはず大きなる蛇《じゃ》なりけり。（梅沢本古本説話集下第六十四）

この説話は、大蛇という存在の担う意味の複雑さ、深さなしには成り立たない。第一に、観音が蛇の姿をとって出現し、しかも本朝法華験記では海の中から現れ、岩に向かって進んだとするのは、観音の持つ水神、豊穣神としての原像をよく表現している。またここで救済されるのが鷹取を生業とする男（ということは猟師の類）である点に、この説話が、寺院建立縁起譚と同様に、古層の宗教とのかかわりのなかで成立したことが示唆されている。④⑤には大蛇は谷の奥から出現したとしか語られないが、そのかわり鷹取に観音経を唱えさせて海になぞらえられる観音の慈悲の深さを説明している。本来は大蛇が海中から出現する設定と呼応すべきものであったけれども、関連が見失われてしまったのであろう。第二に、龍蛇が貪・瞋・痴の三毒を表すとするなら、ここに出現した大蛇は鷹取の生業の罪深さを象徴しているであろう。鷹の雛を取ろうとして、崖に取り残され生命の危機に瀕している状態を、彼の罪業としての大蛇が彼自身を呑み込もうとしているとして象徴的に捉え直してみせたのである。とすれば、その大蛇に刀を突き立てたのは、知恵の利剣をもって三毒を克服しようとする行為であったと解することができる。しかし、鷹取はほかならぬその罪業としての大蛇にすがって命が助かった。

と、このように読み解いて、ここには救済されるものと、救済するものとが一体であるという、奇妙な関係が認められる。たしかにこれは見かけ上矛盾するかもしれないが、そこに一つの宗教的真実が込められている。古代中世の人々は、その真実を直感的に理解していたにちがいない。そして、こうした真実は経典や論、またその注釈によっては説明しがたく、かりに説明したとしても理解はむずかしい。それは、このような説話という方法を通じてはじめて表現することが可能であったといえよう。

なお、本説話は、観音が龍蛇として顕現し、龍蛇の霊力が観音に継承される点において、また観音＝龍蛇が救済される対象であり、また救済する主体でもある点において、龍蛇聞法降雨譚および龍蛇水上顕現譚とも構造を同じくすることが認められる。古代中世人たちは、同じ主題について素材と構成を変えてくりかえし語り演じていたといえよう。

注

（1）本章は、本書第二章「東アジアの龍蛇伝承」、第五章２「龍蛇・観音・母性——説話の変奏と創作——」等と関連し、一部重なるところがある。

（2）高谷重夫『雨の神　信仰と伝説』（岩崎美術社　一九八四年）。

（3）道成寺説話および能「道成寺」における男女の蛇体への変身のさまざまのあり方とその意味するところについては、本書第三章２「能「道成寺」遡源」参照。

（4）本朝法華験記等の日本の仏教説話集は唐の説話集に触発されて編まれ、個々の説話においても構成や趣向の影響を強く受けているが、その一方で救済を求める衆生に深い罪障意識を抱かせて造型している。ここに、日本の仏教説話の特色が認められるということについては、森正人『古代説話集の生成』（笠間書院　二〇一四年）第七章2「唐代仏教説話集の受容と日本的展開」にも論じている。

（5）西郷信綱『古代人と夢』（平凡社　一九七二年）第三章「長谷寺の夢」。なお、沼義昭『観音信仰研究』（佼成出版社　一九九〇年）も豊富な事例により、観音が山上の湖水に示現し、観音像が岩上に安置されることをもって、観音信仰が日本の固有信仰を継承していることを説く。

（6）これらの説話をはじめさまざまの伝承に触れながら、観音と神の習合の問題を取り上げ、「古層の神々との葛藤、自然や異類の問題が切実だった」と古代人の宗教的課題の所在について論じたものとして、網野房子「観音イメージの変容――寺社縁起・説話における観音の諸相――」（『社会人類学年報』第一五巻　一九八九年一一月）、同「龍と観音」（『仏教民俗学大系　8』名著出版　一九九二年）は示唆するところが大きい。また、阿蘇の宗教については、佐藤征子「阿蘇山と龍神信仰――健磐龍命を中心に――」（『山岳修験』第三号　一九八七年一〇月）参照。

（7）小林太市郎「晋唐の観音」（『仏教芸術』一〇　一九五〇年一二月）。また、小林太市郎「女媧と観音」（『仏教芸術』一、二　一九四八年八月、一二月）もある。

（8）森正人「聖なる毒蛇／罪ある観音――鷹取救済譚考――」（『国語と国文学』第七六巻第一二号　一九九九年一二月）参照。

第二章　東アジアの龍蛇伝承

一　はじめに

アジアの東端に位置する日本は、固有のないし古層の文化に、西方から次々と渡来した宗教、思想、文化が重なり、組み合わさり、融合して独特の複雑な世界を作り上げている。その複雑な日本文化をめぐって、日本の伝承文学のなかの龍蛇像を基軸に、東アジア地域の龍蛇にかかわる宗教、習俗、文芸の摂取と投影の様相を具体的に描きだすとともに、龍蛇に託されてきた諸観念とその変遷の過程を記述する。そのことを通して、東アジアの文化全体に普遍的に認められるものと日本の文化の地域的特性を明らかにしようとするものである。

二　鷲鷹と龍蛇との闘争

肥後の国で

八五〇年以上は前になるであろう、東アジアの一隅で起こった小事件のことから始めよう。今昔物語集巻第二十九第三十三「肥後国の鷲、蛇を咋《く》ひ殺す語」である。肥後の国のある家に鷲が飼われていた。何のために飼育されていたかは記されていないけれども、鑑賞や愛玩のためではなかったであろう。今昔物語集巻第十九第四によれば、当代随一の武者であった源満仲の摂津の家にも、鷹狩の鷹のほかに多くの鷲が飼われていたという。これは、鷲の羽を取って矢羽根にするためであろう。今昔物語集巻第二十九第三十五には、人間に命を助けられた猿が鷲を打ち落として恩を報ずる物語が載る。猿を助けた家の者は、鷲の翼と尾を切り取って売ったとする。満仲の家でも肥後の国の家でも、矢羽根を取る目的で飼われていたとみられる。

その肥後の鷲を長さ七尺ほどの蛇が襲うのである。始め蛇のために巻きこめられ嘴を呑まれていた鷲が、足の爪でいともたやすく蛇を引き離し、嘴を用いて喰い切ってしまう様が、詳細かつ具体的に記述されている。

鷲、不被巻《まかれ》ヌ方ノ足ヲ持上テ、頸・肩ノ程マデ巻タル蛇ヲ、鷲、爪ヲ以テ摑テ急《き》ト引テ踏フレバ、觜ヲ呑タリツル蛇ノ頭モ抜ケテ離レヌ。亦、被巻《まかれ》タル片足ヲ持上テ、翼懸テ被巻タルヲ亦摑テ、初ノ如ク引テ亦踏ヘツ。然テ、前ノ度摑タリツル所ヲ持上テ、フツリト咋切《くひきり》ツ。

この叙述の現実味は比類がなく、禽獣の生態に詳しい者の確かな眼の存在を思わせる。実見にもとづく説話と見るのが常識であろう。猛禽類が蛇を食とすることも知られていたはずである。古今著聞集巻第二十（七一八）にも、熊鷹が大蛇を退治する説話が載るから、さほど珍しい事件というわけでは

なかったかもしれない。ただし、古今著聞集の蛇は、

一丈あまりばかりなる蛇の耳生ひたる、時々出現して人をなやましけり。見あふものかならず病みければ

と類型化と伝承性が目につく。

太古からの闘争

一方、今昔物語集巻第二十九第三十三も、類型性をまぬがれているとはいいがたい。たとえば、鷹の小屋は「大ナル榎ノ木ノ枝滋《しげ》ク差覆《さしおほひ》タルガ有ケル下」にあったという。榎の大木は一種の聖樹であった。一、二の例をあげれば、信濃国の桑田寺の戌亥の角の榎には毒蛇が住んでいた（今昔物語集巻第十四第十九）し、都の僧都殿という場所では夕方になると赤い単衣が戌亥の角の大きな榎の梢に飛ぶという怪異が起きた（今昔物語集巻第二十七第四）。また、樹木の差し覆う枝は神秘性を帯び、それが覆う場所を聖なる空間に変える。たとえば、今昔物語集巻第十三第二によれば、比良山中で修行する法華経の持者で仙人の住む岩屋の前には「笠ノ如」き大きな松があった。これを出典の本朝法華験記巻上第十八にさかのぼると、その松を吹きわたる風は音楽のようであったと書かれている。当時の人々の眼には、鷲屋の置かれている場所が特別の空間として映ったであろう。

また、蛇との闘いに勝利した鷲は「物ノ王」と称賛されている。今昔物語集巻第五第十四にも、獅

子の言葉として、「汝ハ鳥ノ王也、我ハ獣ノ王也」と見える。こうして、鷲と蛇の闘いは、事実譚であることを超えてある普遍的なものに根ざしているのではないか。

そこで、マンフレート・ルルカー(1)の、豊富な資料にもとづく象徴研究を想起することになる。すなわち、鷲と蛇ないしそれらに代表される大鳥と爬虫類との闘争は、太古からの神話的な観念であって、天と地（冥界）、生と死、光と闇、善と悪などの両極的な価値の対立を象徴しているという。ルルカーは、インド神話における蛇を追いまわす霊鳥ガルダもその一例に加えているが、それは今昔物語集にも見える。巻第三第九「龍の子、金翅鳥の難を免る語」(2)と題された一話である。

今昔、諸ノ龍王ハ大海ノ底ヲ以テ栖トス。必ズ金翅《こんじ》鳥ノ怖レ有リ。亦、龍王ハ、無熱池ト云フ池有リ、其ノ池ニハ金翅鳥ノ難無シ。大海ノ底ニ有ル龍ノ、子ヲ生タルヲ、金翅鳥、羽ヲ以テ大海ヲ扇ギ干テ龍王ノ子ヲ取テ食トス。（中略）此ノ鳥ヲバ迦楼羅《かるら》鳥トモ云フ。

この金翅鳥すなわち迦楼羅鳥こそガルダである。

これら二つの闘争譚に直接的関係をみるのは困難であるとしても、ともに太古の人類の思考構造と響き合っていたとは言ってよいであろう。もちろんそのことは、肥後の国の鷲と蛇の闘争が事実譚であることと矛盾はしない。それが珍しいできごととして人の口の端にのぼり、時が経って忘れられてしまうのでなく、都まで運ばれ、書きとめられたということが、何よりも鷲や蛇が単なる動物ではなくて、その闘いに神秘的なものが感じ取られていたことを物語っている。

龍か蛇か

今昔物語集巻第二十九第三十三に登場するのは蛇、巻第三第九に登場するのは龍であった。一般には、龍と蛇とは別個の存在とみなされる。たとえば、十二支のなかの五番目と六番目にあたる辰と巳は、一方が想像上の動物で特別の力や威勢をそなえていると考えられ、他方は実在の動物で概して否定的な視線を向けられることが多い。しかし、こうした二分法は、具体的な事例に就くとき、あるいは起源にさかのぼろうとするときに、しばしば有効性を失う。

たとえば、龍は蛇の姿で地上に出現すると考えられていた。今昔物語集巻第十六第十五「観音に仕《つかまつ》る人、龍宮に行きて富を得る語」には、龍王の娘が「一尺許《ばかり》ナル小蛇ノ斑ナル」姿で池の外に出て遊びまわっていたところを、人に捕捉されてしまったとある。同じく巻第二十第十一「龍王、天狗の為に取らるる語」には、讃岐国の万能の池（満濃池）の龍王が、「日ニ当ラムト思ケルニヤ、池ヨリ出テ、人離タル堤ノ辺ニ、小蛇ノ形ニテ蟠《わだかま》リ居タリケリ」と記述される。この場合も、小蛇の姿で油断をしていたために、あえなく鳶の姿をした天狗に捕らえられてしまうのである。また、今昔物語集巻第三第十一「釈種、龍王の聟と成る語」、人間の男と結婚した龍王の娘は美しい女人でありながら、睡眠中と男女交合の時に「御頭ヨリ蛇ノ頭九ヲ指出《さしい》デ、、舌ナメヅリヲヒラヒラト」したという。この説話は、大唐西域記巻第三烏仗那国条の龍池伝説を源泉とするが、そこには「讌私《えんし》を至す毎《ごと》に首より九龍の頭を出だす」と記述されている。讌私とは私的な酒盛りのことであるが、いずれにしても心解けてふるまう時にその存在の本性が顕れるということであって、龍が蛇体をもって形象されることが認められる。

こうした関係は民俗の事例にも多く見いだされる。たとえば、大正の初めから昭和十年（一九三五）頃まで、現在の東京都杉並区の民家に白蛇が祀られ、日蓮宗の行者によって「八大龍王」と名付けられ、また「白龍様」と呼ばれて近隣の信仰を集めていたという。また、東京都中野区にはコガネヘビが「蛇姫様」「白金竜昇宮」として祀られていた。(3)

中国にあっては、太平広記巻第四五八蛇三「嵩山客」（出典は原化記）に、嵩山の塔にいた大蛇を射殺し調理して食べたところ、雷電霹靂して皆命を失ったけれども、わずかに、龍神かもしれないから殺すなととめた一人のみ助かったという説話を載せる。蛇の項に分類されているから蛇にはちがいないけれども、明らかに龍としての性質を保有している。高谷重夫(4)によれば、日本では同じ文献のなかで龍とも蛇とも呼んでいる場合すらあり、中世以降は「蛇をジャと呼んで龍と同様のものとする」ようになり、近世ではごく普通に見られるという。

蛇は単なる爬虫類の一種ではない。聖なるものが顕現するかたちの一つであった。

三　龍宮の宝蔵

仙界から龍宮へ

龍といい蛇といい、どちらも水に縁が深い。龍蛇は水界の支配者としての性格が顕著である。その住み処は、海や池や川の底にあると考えられている。龍宮である。龍宮といえば、ただちに浦島太郎の伝承を想起させるが、太郎を歓待する乙姫はほかならぬ龍王の末娘であった(5)。そして、龍宮訪問の機会を得ることができたのは、ひとり浦島太郎にかぎらない。

今昔物語集巻第十六第十五「観音に仕る人、龍宮に行きて富を得る語」は、観音を信仰している男が、小蛇（のちに少女の姿で現れる）を助けてやり、池の中の宮殿に招待されてもてなしを受け、打ち欠いても打ち欠いても減ることのない金塊を与えられて富裕となる物語である。池の底の宮殿は龍宮、小蛇は龍王の末娘であった。観音霊験の例証として今昔物語集には置かれ、異類婚姻の要素こそ欠くものの、動物報恩、異境訪問の要素をそなえて、室町時代以降の浦島伝承にきわめて近い。ちなみに、丹後国風土記逸文や万葉集などの古い型の浦島伝承では、訪問する異境は蓬萊ないしトコヨ（常世）あるいはワタツミ（海若）とされ、歓待する女性は神女、仙女と呼ばれ、また動物報恩の要素をもたない。

龍宮訪問と龍女との結婚の物語といえば、中国の唐代小説の柳毅伝にも語られている。それは、美しい龍女から託された手紙を洞庭湖の龍王に届けた柳毅が、龍宮の歓待を受け、富豪となり、紆余曲折あってついには龍女と結ばれる物語である。柳毅伝の龍宮の世界は一種の仙界であって、「龍は寿万歳」という叙述が見え、龍宮で過ごす柳毅もまた歳月が経っても容色の衰えることはなかったという。近藤春雄[6]の論ずるように、中国の龍宮譚は遊仙譚のいわば転用変形であった。結末こそ異なるものの、柳毅伝が浦島説話と多くの類似を持つのは、項青[7]が指摘するように、両者がともに神仙道教思想を基盤としているからである。

如意宝珠

同時に、柳毅伝における龍と龍宮の形象には、神仙思想のほかに仏教の投影も顕著である。そのことは、先に挙げた近藤春雄の指摘するところでもあるが、内田道夫[8]や、富永一登の研究[9]にも詳しい。ここでは、先の今昔物語集巻第十六第十五との共通点に注目しながら、日中の龍観念について検討したい。

まず龍宮は、

> 人間の珍宝、畢《ことごと》く此に尽く。柱は白璧を以てし、砌《みぎり》は青玉を以てし、牀は珊瑚を以てし、簾は水精を以てし、瑠璃を翠楣に雕《きざ》み、琥珀を虹棟に飾る。（柳毅伝）

> 重々ニ微妙ノ宮殿共有テ、皆七宝ヲ以テ造レリ。光リ輝ク事無限シ。既ニ行畢テ、中殿ト思シキ

所ヲ見レバ、色々ノ玉ヲ以テ荘《かざり》テ、微妙ノ帳・床ヲ立テテ輝キ合ヘリ。
（今昔物語集巻第十六第十五）

と、豪壮で宝物に満ち満ちた世界として描かれる。こうした龍宮観は明らかに仏典から持ちこまれたとみられる。たとえば、経律異相巻第四十八龍第一には「七宝を以て宮を為《つく》る」とし、海龍王経巻第三請仏品にも、海龍王が釈迦を龍の住処に招こうとして、宮殿を化作したとする。すなわち、

紺瑠璃・紫磨黄金を以て、雑《まじ》へ挍《つく》り成す。則ち幢幡を建て、金の交露を造る。宝珠・瓔珞・七宝もて欄楯を為《つく》る。極めて広大なり。

という様であった。

また、龍が人と対面するときは、人間の姿をとる。今昔物語集では、龍女は「年十二三許《ばかり》ノ女ノ形チ美麗ナル、微妙ノ衣・袴ヲ着タル」姿で、龍王は、「気高ク怖シ気ニシテ、鬢長ク年六十許ナル人、微妙ニ身ヲ荘リテ」出現する。このように、龍女には美麗さ、龍王には威厳が強調されている。それは、柳毅伝にあっても同様で、龍女は「殊色也」とされ、龍王銭塘君は、始め雷電霹靂し激しい雨や雪のなか「赤龍の長さ千余尺なる有り。電目、血舌、朱鱗、火鬣」という姿で出現し、その怒りがおさまるや、「紫裳を披《き》て、青玉を執る有り。貌聳え神溢れ」という姿を見せる。龍に変身能力のあることは、たとえば、先に取り上げた大唐西域記巻第三に記される烏仗那国の龍池にまつわる伝説にもみえ、龍女が釈迦族の男を見そめてこれに近づこうとする時、人の姿に変じたとする。

柳毅伝の龍王が青玉を手に持つのも注意すべきで、これは如意宝珠であろう。如意宝珠こそ龍宮最上の宝で、すべてを願いのままにかなえてくれるものであった。法華経巻第五提婆達多品、八歳の龍女が「價直は三千大千世界」の宝珠を釈迦に捧げる場面によってよく知られている。今昔物語集にも、龍王が、龍女の命を助けられた礼に「如意ノ珠ヲモ可奉《たてまつるべ》ケレドモ、日本ハ人ノ心悪クシテ、持《たも》チ給ハム事難シ」と語っている。

このように日中の説話と小説に仏教的な龍観念の投影が顕著であるとすれば、両者の源泉の一つに、法苑珠林巻第九十一受斎篇に引かれる僧祇律(10)を挙げてもよいであろう。それは、商人が捕らえられている龍女を牛一頭と取り替えて池に放してやると、龍女は人の姿となって、恩人を龍宮に案内して歓待する物語である。そして、龍女が恩人に捧げたのは、截り取っても截り取っても減らない「八餅金」であった。今昔物語集でも、これと同じく打ち欠いても打ち欠いても減らない「金ノ餅」が恩人に与えられ、柳毅伝では龍宮から贈られた珍宝によって、柳毅は大富豪となる。

今昔物語集で、男が龍宮から帰ると「暫クト思ヒツレドモ、早ウ□日ヲ経ニケル也ケリ」として、危うく浦島太郎の二の舞になるところであったと、龍宮と人間世界とでは時間の流れかたが異なることが示されている。栄花物語にも「海龍王の家などこそ、四季は四方に見ゆれ」(巻第二十三「こまくらべの行幸」)とするように、平安時代には龍宮は時が永遠に循環する世界として知られていた。ただし、そのことは海龍王経などには見えないから、仏教から移入したのではなく、おそらく中国において龍宮と仙境との習合が起こった結果を持ち込んだのであろう。

宝蔵守護

龍宮が宝物のあふれる世界であるとする観念に支えられて成立したものであろう、最上の宝物は、人が容易に行くことのできない秘密の場所にあって、龍が守護していると語られることが多い。たとえば、中国には、

蓋し、東海龍王第七女、龍王の珠蔵を掌《つかさど》る。小龍千数、此の珠を衛護す。

（太平広記巻第四一八龍一「震沢洞」）

という例があり、日本には次のような伝承がある。

宇治を以て龍宮に習ふ事。古老云はく、宇治殿龍神と成りて宇治河に住みたまふと云々。日本一州最上の重宝、悉く宝蔵に納むる也。余所の重宝、散失せしむと雖も、宝蔵は未だ紛失せず。宇治殿、大龍と成りて、毎夜丑の刻に河中より出現して、宝蔵を巡見する故也。

（渓嵐拾葉集巻第九十二　読み下し）

ここにいう宝蔵とは、宇治平等院の宝蔵のことで、藤原氏嫡流の摂関家によって集められたおびただしい宝物が収蔵されていた。宝蔵の管理は厳重で、限られた人しか見ることを許されなかったから、中世の人々の想像力をますます刺激して、無二の宝物、もはや世には伝わらない書物などが宇治の宝

蔵にならあると、ひそやかに語られ書かれていた。その宝蔵を、宇治殿すなわち藤原頼通が死後に龍神となって守っている。そのために、宇治の宝蔵の重宝のみは失せることがないというのである。この伝承は、龍王が守護することによって権威づけられた空間としての宝蔵の物語、龍王が秘蔵することによって特別の霊力と聖性を付与された宝物の物語として扱うことも可能かもしれない[11]。しかし、中世人は必ずや龍蛇の執心におぞましさを覚えたに違いない。

　宇治の平等院には周知の鳳凰堂がある。それは、ほかならぬ頼通が極楽往生を期して、入末法の年に建立した阿弥陀堂であった。それでいて、あやにくにも頼通は畜生道に堕ちてしまったというのである。それも宝蔵の宝物への執着ゆえというのが、中世人の解釈であろう。

　龍蛇が宝物を守護するという伝承は、単にその宝物が貴重であると語っているわけではない。たとえば、梁高僧伝巻第十三釈僧亮の伝[12]には、僧亮が湘州銅渓山の伍子胥廟にある多くの銅器を守る大蛇を教化して、銅器を譲り受けその銅を用いて阿弥陀像を鋳造したとある。日本往生極楽記第七無空の伝によれば、かねて念仏の行を勧めていた無空律師が、自分の葬儀の費用にと蓄えていた銭のことを弟子たちに言い置くことなく死んだために、蛇身を受けたとする。房の天井に置かれた銭のなかに小さな蛇がいて、これが律師であった[13]。また、今昔物語集巻第十四第四には、聖武天皇の寵愛を受けて千両の金を賜った女が、金を墓に入れるよう遺言し、そのために「毒蛇ノ心ヲ受テ、其ノ金ヲ守テ墓ノ所ニ其辺ヲ不離《はなれ》ズシテ有リ。苦ヲ受ル事無量《はかりな》クシテ、難堪《たへがた》キ事無限《かぎりな》シ」という結果となる。これらの蛇たちは、いずれも仏教の力によってようやく救われるのである。
このように、龍蛇は財宝を守護するものであり、財宝に執着するものであり、その執心の苦を免れるべく仏教による救済を待つ存在であった。

四　龍鳴の感応

笛の起源

宝を守る藤原頼通の霊に、煩悩に苦しむ龍の姿をしか見ないのは、仏教的な価値観に立ってのもので、いささか均衡を失するというべきかもしれない。一面で龍は人間を超えた威力ある存在であって、そうしたものとして子孫や国家を守護するのである。いま、仏教的枠組みにとらわれない龍の姿を描きだすことにしたい。

宇治の宝蔵には、水龍という笛の名器が納められていた。それは、「横笛は大水龍、小水龍。天暦の御時の宝物也」（神田本江談抄第三十）という。この楽器に関して、古事談巻第六（九）は次のような伝承を記す(14)。

平等院ノ宝蔵ニ、水龍ト云フ笛ハ唐土ノ笛也。唐人此ノ朝ニ渡ル時、海中ニシテ船沈マムト欲ス。船人等之ヲ奇《あや》シビテ、種々ノ財物ヲ海ニ入レシム。皆以テ沈マズ。仍テ件ノ笛ヲ入ルル時、即チ沈ム。無為ニ着岸ノ後、本ノ主、沙金千両ヲ儲ケテ龍王ニ相伝セムト思ヒテ、金ヲ沈メムトスル時、件ノ笛忽チニ浮カビ出ケリ。ヨテ、金ニ替ヘテ取リ返セル笛也。宇治殿此ノ事ヲ聞食《きこしめ》シテ、件ノ笛ヲ買ヒ取ラシメ給ヒテ、宝蔵ニ籠メシメ給フト云々。

舶来の楽器でしかも海龍さえ欲したほどの名器であるから、宇治の宝蔵に納めるにふさわしいというのであろう。この笛の名前の由来譚ともなっているようであるが、じつは龍と笛との関係はもっと深い。

そもそも、横笛という楽器自体が龍の鳴き声を模したものであった。楽家は、次のような伝承を持っていた。

横笛　又羌笛《きやうてき》ト云ヒ、龍吟ト云ヒ、龍鳴ト云フ。漢ノ武帝ノ時、丘仲造ル所也。（中略）昔龍ノナキテ、海ニ入ニシヲ聞テ、又此ノ音ヲ聞《きか》バヤト恋ワビシホドニ、竹ヲウチ切テ吹タル音、スコシモタガハズ似タリ。（中略）此ノ故ニ笛ヲ龍鳴ト云フ。（教訓抄巻第八）

海龍が、唐土から渡る龍吟、龍鳴としての笛に強い関心を示したのも当然であろう。このように、すぐれた音楽はこの世ならぬ世界からもたらされるものであり、また異界との交流を図るてだてであった。したがって、次のような説話も伝わる。古事談巻第六（十一）[15]である。

伶人助光が咎めを受けて、左近府の下の倉に召しこめられた。かねての噂通り大蛇が出現した。今にも呑まれようとした時、腰から笛を抜き出して還城楽《げんじようらく》の破《は》を吹くと、大蛇はこれを聞いている様子であったが、やがて立ち去った。

助光の笛の、邪悪な畜生の心もなごませる技量のほどが語られているのはもちろんのこと、同時に、笛が龍鳴を写したものであるとする楽家の故実を背景に語られたことが明らかである。さらに付け加えれば、吹かれた曲が還城楽であったことも重要である。教訓抄巻第四によれば、還城楽は、蛇を食する風習をもつ西国の人が蛇を捕らえて喜ぶ姿を模した舞曲であった。そうした楽曲なればこそ、龍蛇を制圧することができたというのであろう。

天地と感応する笛

笛ないし音楽と龍との関係は、国家的規模をもって語られることもある。三国遺事巻第二「万波息笛」には、新羅を舞台とする龍と神秘的な笛に関する伝承を載せる。

神文大王は、父の文武王のために感恩寺を創建した。(寺中記によれば、文武王は倭兵を鎮めようとしてこの寺を創始したが、完成しないうちに崩じて、海龍となったという。)その次の年、東海中に小山が現れ、感恩寺に向かって流れてくる。その山は亀の頭のようで、上に竹が生えていて、昼は二本、夜は合わさって一本となった。神文大王がその山に上がると、龍がいて黒い玉の帯を献上した。そして、「王、竹を取りて、笛を作りて之を吹け。天下和平ならむ」と告げた。その龍は、海龍となった文武王の使者であった。神文大王は笛を作った。

「此の笛を吹けば、則ち兵退き病癒ゆ。旱《ひで》りすれば雨ふり、雨ふれば晴る。風定まり波平らかなり。号して万波息笛といふ。」

東海を移動し神秘を現ずるこの島は、明らかに蓬萊山を想起させる。ここにも蓬莱と龍宮の習合をみてよいであろう。そして、龍の教えによって作られたこの笛の霊威の大きさは、それが龍宮の如意宝珠に相当することを物語っている。

次に掲げる類似の伝承は龍との関係を言わないけれども、同様の観念に立脚するであろう。

南陽王をば戊姫と名付く。七歳にして始めて位に即き給ふ。天下大いに旱魃せり。彼の王、夢に二つの笛を得給へり。一を旱笛と云ふ。夙に起きて見給ふに、夢に見給ひしところの笛うつつにあり。王、其の笛をもて一を吹き給へば、雨降り水漲《みなぎ》りたたへたり。又一笛をとり吹き給へば、天皆晴れたり。君文子。　（榻鳴暁筆第十八　楽器五　南陽王旱笛雨笛）

本文末尾の「君文子」は出典とみられるが、つまびらかでない。

笛は龍の鳴き声を模した以上のもの、つまり龍鳴それ自体であったから、晴雨、旱霪を左右することができたのである。すぐれた音楽は、天上や仏の国などこの世ならぬ世界からもたらされるものであり、かつすぐれた音楽、すぐれた楽器は天地と感応するものと考えられていた。そうした場面が、作り物語ではあるが、うつほ物語、寝覚物語、狭衣物語などに描かれる。ここでは、狭衣物語の主人公の吹く笛によって起きる霊異の場面をあげておく。

柱に寄り居て、まめやかにわぶわぶ吹き出でたまへる笛の音、雲居をひびかしたまへるに、帝をはじめたてまつりて、九重のうちの賤《しづ》の男まで聞きおどろき涙を落とさぬはなし。五月雨の空のものむつかしげなるに、（中略）宵過ぐるままに、雲のはたてまでひびきのぼる心地するに、稲妻たびたびして、雲のたたずまひ例ならぬを、「雷の鳴るべきにや」と見るほどに、空いたく晴れて、星の光月に異ならず輝きわたりつつ、この御笛の音の同じ声にさまざまの物の音ども空に聞こえて、楽の音いとをもしろし。

このあと、空からは天若御子《あめわかみこ》が降りてくる。音楽が、天界をはじめとする異界とこの世との通路であるとする、さまざまの音楽伝承をふまえた構想であり叙述であった。

五　龍蛇の聴聞

旱天の降雨

三国遺事にあったように、龍鳴、龍吟としての笛がことに晴雨、旱霪を律したとする伝承は、水の神としての龍の特徴をよく語っているといえよう。

龍蛇は三熱の苦に苦しみ、仏教による救済を求める存在であるが、同時に雨を司る能力によって仏法と結びつつ、天下の難を救う、そうした説話が目につく。今昔物語集巻第十三第三十三「龍、法花の読誦を聞き、持者の語らひに依り雨を降らして死ぬる語」によって示そう。

大安寺の南にある龍苑寺の僧の法華経講経の庭に、龍が人の姿になって聴聞に通っていた。そのころ天下は旱魃で苦しんでいた。聴聞の龍のことが天皇の耳に達して、龍に依頼して雨を降らすよう僧に命じた。僧が龍に相談すると、「雨が降らないのは大梵天王をはじめとする神々の意志であって、自分が勝手に雨の戸を開いて雨を降らすならば、殺されるであろうが、報恩のために雨を降らそう。自分の死骸を捜してそれを埋めて、その上に寺を建ててほしい」と、龍は承知した。そして三日三夜雨が降り、そのために五穀が豊かに実った。さて、龍の死骸は西の山の池にずたずたに切られてあり、水は紅に染まっていた。約束どおりそこに寺を建てて龍海寺と称した。また、龍が行く所としてほかに三所あり、そこにも龍心寺、龍天寺、龍王寺を建てた。

出典は本朝法華験記巻中第六十七とみられるが、そのほかにも参照した文献があったらしい。東大寺要録巻第四、元亨釈書巻第四「釈法蔵」、雑談集巻之第九「冥衆ノ仏法ヲ崇ムル事」など、類語も多い。この種の伝承は仏家に管理されているから、龍蛇を、賤しく罪深い畜生で仏教の救済を待つ存在とする見方が顕著である。先に取り上げた梁高僧伝巻第十三における釈僧亮第八の、湘州錮渓山の伍子胥廟の大蛇も、その守護していた銅器を阿弥陀造像のために提供することによって、来世の善報を期待したのである。そして、聴法を契機にわが身を犠牲にしての報恩降雨の要素をもつ伝承は中国にもあった。

貞観十九年夏は旱魃であった。慧遠法師は降雨を願って法華経を講じた。遠近から多くの聴聞者があったなかに、見知らぬ二老人が続けて通った。講経が進んで、薬草喩品に至るや大雨が降った。そのことがあってから、三日間老人の姿が見えなかった。そして、杖をついて連れ立って来た。慧遠がわけを尋ねると、「私たちは龍である。師の説法を聴いて、その恩に報いたいと思った。その時はまだ雨を降らすべきではなかったのであるが、勝手に降らせた。それで、龍王の咎めを受けて笞打たれたのである」と言って、姿を消した。

（弘賛法華伝巻第三　唐藍田山悟真寺釈慧遠）

法華経薬草喩品には、如来が世界をあまねく覆い衆生を導く様を、雨が大地に降り注ぎ、天下の植物を繁らせ、実らせる様に譬えることが説かれている。いかにも龍に降雨を促す品としてふさわしい。ほかに、太平広記巻第四二〇「釈玄照」も、三匹の龍が翁となって玄照の説法を聴聞して、報恩のために雨を降らせる類話である。日本の報恩降雨説話の源流と見なされる。

龍の降雨は、これらとは別に高僧が祈雨の祈禱を行って験があったという型の説話に現れるが、その場合は仏法の不思議ないし高僧の験力に焦点は合わされ、龍自身に中心の置かれることはない。仏教の体系に組み込まれた龍蛇の地位は、相対的に低い。

雷神としての道場法師

日本国現報善悪霊異記、略して日本霊異記は日本最初の仏教説話集であるが、仏教以前の固有信仰が豊かに流れ込んでいる。さまざまの不思議な現象を仏教の論理に引き寄せて、因果応報の理の例証として提示する。それは、仏教と固有信仰とが対立・調和・雑揉する複雑な様相を呈するが、興味深い事例の一つが上巻第三「得雷之憙令生子強力在縁（雷の憙《むがしび》を得て子を生まし め強き力在る縁）」である。上巻第一「雷を捉ふる縁」、第二「孤を妻として子を生ましむる縁」とともに、道場法師系説話として一括され、多方面から分析がなされてきている。そして、これらの説話の背後あるいは基底に、水と豊穣を司る神々に対する信仰と宗教儀礼をみるのが、それらの分析の収斂するところである。

　第三縁はおよそ次のように展開する。

1、雷が落ちて「小子」の姿となり、これを金属の杖で突こうとした農夫に昇天の助けを求める。雷は、「汝に寄りて子を胎ましめて報いむ」と報恩を約束する。そして生まれた農夫の子は、「頭に蛇を纏ふこと二遍、首と尾とを後に垂れて」いた。

2、十余歳になった男児は都に上り、力自慢の王《おおきみ》と力競べをして勝つ。

3、男児は元興寺の童子となり、夜になると鐘堂に出る鬼（モノ）を退治する。

4、童子は優婆塞となり、強力をもって王たちとの水争いに勝ち、元興寺の田はよく実る。

5、その功績により出家を許され、道場法師と呼ばれる。

雷は農夫の身体にのりうつり、農夫を通じてその妻を孕ませるのであって、生まれてきたのは雷の子、結局は雷そのものである。生まれてきた子の頭を二巡り巻いた蛇こそは、その子が雷であることの明らかなしるしであった。

日本においては、イカヅチ（雷）のとる形の一つが蛇体であると考えられていた。日本霊異記上巻第一縁によれば、雄略天皇が、小子部栖軽《ちいさこべのすがる》に「汝、鳴る雷を請《むか》へ奉らむや」と命じ、豊浦寺と飯岡との間に落ちていた雷を、輿籠に入れて大宮に戻った。そこでは「雷、光を放ちて明《ひか》り炫《かかや》く」と記されるにとどまって、その形状を明瞭には記述しない。

これと類似する伝承が日本書紀の雄略天皇七年七月条に載る。経緯は少し異なり、天皇の「三諸岳の神の形を見むと欲《おも》ふ」という要請に応じて、「大蛇を捉取《とら》へて、天皇に示《み》せ奉る」。すると、「其の雷虺虺《ひかりひろめ》きて、目精《まなこ》赫赫《かかや》く」という。ここにいう三諸岳とは三輪山のことで、三輪の神が蛇体であったことは、崇神天皇十年条にみえる。すなわち、大物主の神は、妻の倭迹迹日《やまとととび》百襲《ももそ》姫《ひめ》の懇請を受けて小蛇の姿を見せ、これに妻が驚いたことを恥じて、虚空を踏んで三諸山に去ったと伝える。

蛇体をとる雷神は、常陸国風土記に記述された、那賀郡の哺時臥《くれふし》の山にかかわる伝承にも登場する。努賀毘咩《ぬかびめ》という女のもとに見知らぬ人が夜ごと来て求婚し夫婦となった。一夜にして孕み、月満ちて小蛇を産んだ。日に日に大きくなり、ついに、母が「父の所へ行け」と言うと、子は天に昇ろうとして、「伯父を震殺し」たという。

この「震（カムトキ）」という振る舞いは、明らかに雷のものである。そして、誕生の経緯は、古事記中巻崇神天皇条に記される三輪山神婚譚によく似ており、神の子が父のいる天に昇るという要素は、山城国風土記逸文に載る可茂別雷命《かもわけいかづちのみこと》の伝承に類似する。賀茂川を流れ下ってきた丹塗矢《にぬり》によって孕まれ生まれた子は、汝の父に杯を捧げよという言葉に応じて、「天に向きて祭らむと為《おも》ひ、屋の甍を分け穿ちて天に升《のぼ》りき」とされる。

こうして、道場法師は日本古来の雷神（水神）の末裔であった。それゆえ、仏教の体系に組みこまれたものの、その本性を失うことなく水の支配者として水争いに勝ち、田に豊かな実りをもたらすことができたのである。

荒ぶる水の童子

日本霊異記における道場法師譚にあっては、主人公が法師となってのちの事跡は語られず、その在俗の時代とりわけ童子としての活躍が顕著である。2の王との力競べの場面では「小子」と呼ばれ、3の鬼退治は元興寺の童子の時であった。童子とは僧侶に召し使われる少年で、僧尼令第六条には十六歳以下と規定されている。このように強調される小子ないし童子としての活躍は、1に語られる通り雷が童形と考えられていたことと関係があろう。法師自身が雷神にほかならなかった。

雷を童形とする例は、本朝法華験記巻下第八十一「越後国神融法師」(16)に見える。

越後の国上山の寺に塔が建てられたところ、「雷電霹靂して、雷塔を破り壊《こぼ》つ」ということが三度続いた。そこで、神融が法華経を読むと、一人の「童男」が空から落ちてきた。それが雷で、「頭の髪は蓬のごとく乱れて形貌怖るべし。年十五六歳なり」という姿であった。国上山の地主神の依頼を受けて塔を破壊したのであった。こうして仏法に帰依した雷神は、岩を穿って清らかな水を湧かせて寺院に報謝した。

そして、龍神もまた童形で想像されていた。先に言及した今昔物語集巻第二十第十一。万能の池の堤で小蛇の姿で日に当たっていた龍が、鵄の姿の天狗に捕らえられ、洞窟に閉じ込められるが、一滴の水を便りとして、「小童ノ形ト現ジテ」「洞ヲ蹴破テ出ル」。その間、「雷電霹靂シテ、空陰《くも》リ雨降ル事甚ダ怪シ」という様を現ずる。

こうして、岩を穿つ強力、水を司る霊力、引き起こされる雷電霹靂と降雨、そして童形という特性を共有するところに、龍と雷の同体関係が明瞭に示されている。

水神が童形であることは、すでに、柳田國男の『桃太郎の誕生』などをふまえながら、広く比較民族学の立場から石田英一郎[17]が論じているところであるが、なお、特に高僧や験ある僧に従う童子が、龍神ないし雷神と関係づけられることが多いのは看過しがたい。本朝法華験記巻中第四十五「播州書写山性空上人」の条には、「形を現じて承り順《したが》ひて走使するものあり。もしこれ天童・龍神等なるか」とあり、弘法大師や慈覚大師の側にも水神的性格を持った護法童子がいた[18]。

これらの護法童子たちは力が強く気性も激しかった。今昔物語集巻第十二第三十四に登場する性空聖人の童子は、仲間といさかいを引き起こし相手を一撃のもとに倒して、結局追放されている。

ここで、想起されるのが酒呑《しゆてん》童子の存在である。御伽文庫本の『酒呑童子』によれば、「本国は越後の者、山寺育ちの児なりしが、法師にねたみあるにより、あまたの法師を刺し殺し」て逐電し、比叡山、高野山を経て大江山に住むようになったとする。麻生太賀吉氏蔵巻子本には、「ある公卿の子とうまれ、叡山のちご」であったとする。酒呑童子は、鬼どもを手下にして、人をさらい、人肉を食うなど悪逆のかぎりを尽くすのであるが、意外にも音楽の素養をそなえている。退治に来た武士たちの前に、笛を手に姿を現すのである。逸翁美術館蔵絵巻には、笛を右手に左手で簾をかかげる姿が描かれ、本文には「笛もちたる手にて、簾かきあげて」と記述される。童形といい、笛といい、鬼が城が龍宮のように四方に四季をそなえていることといい、酒呑童子もまた龍神の末裔であった(19)。それも、中世に入って仏法の支配からのがれて、水神本来の荒々しさを回復した存在であった。

六　むすび

諸要素の融合する龍蛇像

東アジア地域の龍蛇は、水界を司り豊穣を約束する神の顕現する姿であった。また、英雄や帝王を生むあるいは孕ませる威力ある聖獣として、王権を象徴するものであった。そこに仏教が伝来し、その体系に組み込まれた龍を受け入れることになった。仏教的な龍蛇は、如意宝珠によって人間世界をはるかに超えた富の持ち主であり、古来東アジア地域に想像されてきた、海のかなたの豊かな富や不老不死の理想境と容易に結びついた。それとともに、龍女が人と対面するときは蛇体を美しく変身させるところから、水のほとりの魅力的な神女と習合した。

仏教的龍蛇は、仏教の強力な外護者であると同時に、とりわけ煩悩に苦しめられることの多い最下等の畜生であり、それゆえ切実に仏教の救済を待つ存在であった。こうした二面性は、東アジア地域古来の宗教と仏教とが対立や調和や融合を続ける過程で、複雑で微妙な龍蛇像を結ばせ、かつ変容を促した。聖と俗、貴と賤、善と悪、美と醜、こうした相互に対立するものが同居しているゆえに、龍蛇は、伝承や文学や芸能を豊かに育てる核となったのである。

注

（1）マンフレート・ルルカー著、林捷訳『鷲と蛇　シンボルとしての動物』（法政大学出版局　一九九六年）。なお、林巳奈夫『龍の話　図像から解く謎』（中公新書　一九九三年）は、中国の新石器時代の早い段階の仰韶文化に属する彩文土器に、龍と見られるものの尾を鳥がくわえている図を紹介する。これも、大鳥と龍蛇の闘争とみなすことができるかもしれない。量博満「龍と蛇――古代中国の場合――」（『アジアの龍蛇　造形と象徴』雄山閣　一九九二年）も、楚文化の墓鎮の図像に多く見られる鳳凰と龍蛇の組み合わせに関して、「鳳が龍的なものに襲いかかっている、つまり龍が鳳の下位にある態を示していると言いうるかもしれない」とする。曽布川寛『崑崙山への昇仙　古代中国人が描いた死後の世界』（中公新書　一九八一年）は、二匹の聖獣がまさに天に昇ろうとしている図と解している。

（2）出典は注好選・下・龍王吟鳥難第十六。法苑珠林巻第三十五法服篇に引く僧祇律、海龍王経は類話。

（3）松谷みよ子『現代民話考九　木霊・蛇』（立風書房　一九九四年）。
（4）高谷重夫『雨の神――信仰と伝説』（岩崎美術社　一九八四年）。
（5）本書第四章2「龍宮乙姫考――御伽草子『浦島』とその基盤――」参照。
（6）近藤春雄『唐代小説の研究』（笠間書院　一九八八年）第二章第五節「竜宮譚の世界」。なお、経律異相巻第四十八龍第一によれば、龍の寿命は一劫という。
（7）項青「浦島説話と柳毅伝――両作品の文学表現と神仙道教思想の受容――」（『国際日本文学研究集会会議録（第一七回）』国文学研究資料館　一九九四年）。
（8）内田道夫「柳毅伝について――水神説話の展開を中心に――」（『東北大学文学部研究年報』第六号一九五五年一二月）。
（9）富永一登「唐代伝奇「柳毅伝」考――龍説話の展開――」（『学大国文』第三二号　一九八九年）、同『中国古典小説の展開』（研文出版　二〇一三年）に収録。
（10）なお、法苑珠林は太平広記巻第四二〇に「倶名国」として引用されている。
（11）田中貴子『外法と愛法の中世』（砂子屋書房　一九九三年）第二部第一章「宇治の宝蔵――中世における宝蔵の意味」が、この観点に立って詳細な検討を加えている。
（12）法苑珠林巻第十五阿弥陀部第四感応縁、三宝感応要略録巻上第十六、今昔物語集巻第六第二十にも引かれる。
（13）本朝法華験記巻上第七、今昔物語集巻第十四第一、宝物集巻第六、私聚百因縁集巻第九第十などに引用されている。
（14）東斎随筆・音楽類、続教訓抄巻第十一、絲竹口伝、楊鴨暁筆第十八楽器ニ水竜にも載る。なお、龍が船中第一の宝を要求するのは類型である。

(15) 十訓抄第十にも引用される。

(16) 今昔物語集巻第十二第一に引用される。

(17) 石田英一郎『桃太郎の母——比較民族学的論集——』(法政大学出版局　一九五六年)「桃太郎の母——母子信仰の比較民族学的研究序説——」。

(18) 本書第三章1「水の童子——道場法師とその末裔——」にも述べる。

(19) このことについては、高橋昌明『酒呑童子の誕生　もうひとつの日本文化』(中公新書　一九九二年)第三章「龍宮城の酒呑童子」。

第三章　龍蛇と仏法

1　水の童子――道場法師とその末裔――

一　はじめに

日本霊異記上巻第三縁

日本国現報善悪霊異記（以下、日本霊異記と略称する）の上巻第三「雷の憙《むがしび》を得て子を生ま令め強き力在る縁」は、第一「雷を捉ふる縁」と並んで、あるいはしばしば関連づけられて関心を集めることの多い説話であり、少なからぬ研究が積み重ねられてきている。それは、この説話が日本霊異記という説話集にとって格別の位置を与えられているからであり、同時に日本の宗教と文化の歴史においても重要な意味を持つと見なされるからである。そうであるだけに、この説話には未解決の問題が少なからず残されおり、あるいはいまだ問題として気づかれてさえいないものもあるであろう。したがって、この縁を日本霊異記のなかにどのように位置づけるか、言い換えれば、この縁がこの説話集のなかでどのような機能を与えられているかという点についても見解はまちまちである。ただし、ここでは直接その課題には及ばない。この課題に対する解明の手掛かりともなることを一面では期待しつつ、道場法師説話に関連する伝承文学上のいくつかの問題を取り上げ、検討を加えようとするものである。

小子としての道場法師＝雷

日本霊異記上巻第三は、元興寺の道場法師と称された英雄の誕生と活躍の説話で、次のように五段に分けることができる。

1、敏達天皇の代、尾張国で雷が落ちて小子の姿となり、農夫に昇天の助けを求める。その時、雷は「寄於汝令胎子而報」と約束する。生まれた男児の頭には蛇が二廻り巻いていた。

2、十有余歳になった男児は、力人の王《おおきみ》と力競べをして勝つ。

3、男児は元興寺の童子となり、その強力をもって鐘堂に出没する鬼を退治する。

4、童子は優婆塞となり、やはり強力をもって王たちとの水争いに勝ち、元興寺の田をよく実らせる。

5、結び

このように整理してただちに気づくのは、主人公の活躍が、法師としてでなく在俗の時代とりわけ童形において語られていることである。2で十有余歳となった男児は「小子《ちひさこ》」と呼ばれ、3では社会的身分を変えて「童子」と呼ばれる。これは、1において、農夫の前に落ちた雷神がやはり「小子」の姿であったことと重なるであろう。道場法師は、雷神つまり水神の生まれ変わりであった。それは頭部に蛇を巻きつけた誕生の姿に顕著に示され、長じて優婆塞となり、水を支配して元興寺の田に豊かな実りをもたらす4に具体化されている。これらの諸点は、これまで多くの研究者が注目してきた、水の宗教、雷神信仰の問題に収斂するであろう。すなわち、この縁の主人公の本体が雷神であれば、彼は童形でなければならなかったし、童形にしてはじめて雷神としての霊力を発揮しえたということではないか。以下この関係についてやや詳しく記述する。

二　雷の子＝分身の誕生

雷神の憑依

道場法師の誕生は、落ちた雷が天に昇るのを手助けした農夫に対する報恩の結果である。では、雷とそれを農夫が助けたことによって誕生した男児とはどのような関係にあるか。日本霊異記は男児の誕生を「然後所産児」としか記述しないが、農夫の妻が男児を出産したと解すべきであろう。そうであれば、農夫の妻はなぜ頭に蛇を巻き付けた児を出産したのであろうか。助けられた雷の計らいによることは言うまでもないが、そのことは「寄於汝令胎子而報」という雷の言葉に示されている。この言葉はどのように読むべきであろうか。これまで次のように解釈されてきている。

汝に寄せ子を胎ま令めて報いむ／あなたをよりどころとして、子供を得るようにして、恩返ししよう。（日本古典文学大系）

汝に寄せて子を胎ましめて報ぜん／――（大東文化大学東洋研究所叢書）

汝に寄せて、子を胎ましめて報いむ／あなたに差し上げるつもりで（日本古典文学全集）

汝に寄せて、子を胎ましめて報いむ／あなたのために、子供が宿るようにしてあげることでご恩にむくいましょう。（ちくま学芸文庫）

汝に寄りて子を胎ましめて報いむ。／――（新日本古典文学大系）

多くは狩谷棭斎の校本日本霊異記の「寄《セテ》二於汝《ニ》一令《テ》レ胎レ子」に基づいているが、訓読の形は近くてもその解釈は多様である。そして、「寄す」と訓む時、汝すなわち農夫に何を寄せるのか、いずれの解釈をとってもあいまいである。ここは「寄す」と訓まない新日本古典文学大系の解釈が適切と見なされる。該書はこの箇所に注を施さないが、「我（雷）が汝（農夫）に寄りて」つまり「雷が農夫の身体に憑依して」という意である。雷（の霊、魂、精《たま》）が農夫の身体を拠り所として、その妻を胎ませようというのである。

古代の人々は、霊的存在が憑依することを一般に「つく」あるいは「よる」と捉え表現していた。雷神が農夫に「よ（寄・拠・依・憑）」り、農夫の身体を通じてその妻に子を孕ませたという関係である。玉依毘売《たまよりびめ》（古事記上巻）、玉依姫（日本書紀巻第二）、玉依日売《たまよりひめ》（山城国風土記逸文）の名も、神霊の憑依する尊い女の意にほかならない。

雷の子

「寄於汝」を右のように解すれば、農夫の妻が産んだ子は雷が人間の女に産ませた子、すなわち雷の子、つまりは雷そのものであったということになる。男児の頭を二廻り廻っていた蛇は、雷の化現する姿あるいは雷であることの表示にほかならない。

農夫の身体が雷（の霊）の媒介であるとすれば、山城国風土記逸文に語られる神の子の誕生の伝承と相同する。すなわち玉依日売が瀬見の小川で拾い上げた丹塗矢を床の傍らに差しておいたところ、懐妊し男児を出産した。生まれたのは可茂《かも》別《わけ》雷命《いかづちのみこと》で、命は父のいる天に昇る。丹塗矢は火雷《ほのいかづちの》神であると記されるが、正確には火雷神の依り代《しろ》である。玉依日賣は丹塗矢を媒介として雷神の子を産んだわけである。

類似する神話が常陸国風土記に那賀郡茨城里を舞台として語られる。努賀毘咩《ぬかびめ》のもとに夜ごと見知らぬ男が訪れて求婚し、努賀毘咩と夫婦となり、妻は一夜で懐妊し月満ちて小さい蛇を産む。蛇は日に日に大きくなり、母と伯父は「神の子」であろうと考え、父の所に行くように言う。子はその言葉に従うものの、「伯父を震《ふ》り殺して」天に昇ろうとする。しかし、母の投げた盆《ひらか》に触れて昇りえず、晡時臥《くれふし》の峰にとどまり、今は神として祀られているという。震り殺す行為から見て、子の蛇は明らかに雷神の性格を具えている。

蛇体で出現する雷神は天神縁起絵巻（根本縁起）第六巻にも描かれる。死後天神となった菅原道真の怨霊は雷電霹靂して清涼殿を襲う。この時、ひとり藤原時平のみが太刀を抜いて掲げ対抗するのであるが、やがて病を得る。道真の「霊気」のためであると悟った時平は、若いながら験者の名声高い浄蔵に祈らせる。ところが、浄蔵の父の三善清行が時平のもとに見舞いに参上すると、時平の両耳から青龍（蛇体）が首を差し出して清行に浄蔵の祈りをやめさせよと告げる。雷神としての道真の霊はこのように龍蛇の姿を示す。

三　童子としての雷神

元興寺の童子として

尾張国から上京し、力人の王との力競べに勝った小子は後に元興寺の童子となる。童子とは、身分であり職能である。僧尼令に、僧の従僕を務める少年について次のように規定されている。

凡そ僧は、近親郷里に、信心の童子を取りて供持することを聴《ゆる》せ。年十七に至りなば、各《おのおの》本色《ほんじき》に還《かへ》せ。

童子となった小子は、鐘堂に夜ごとやって来てそこの童子をとり殺す鬼[1]を退治する。退治することができたのは、童子の身に具えた格別な膂力のたまものであった。すなわち、童子は鬼の頭の髪を摑んで引き据え、ついに鬼は晨朝に頭髪を引きはがれて逃亡する。

小子は、後に元興寺の優婆塞となるが、それは十七歳に至って童子の身分を失っても寺院を離れなかったということであろう。

異能の護法童子たち

徳の高い僧、験力のある僧の傍らに異能の童子が随従するのは一つの類型である。

今昔物語集巻第十二第三十四、書写山の性空聖人が九州の背振山にあった頃、「十七八歳許ノ童ノ、長短《たけひき》ニテ身太クテ力強ゲナルガ、赤髪ナル、何コヨリトモ無ク出来テ」召し使われたとする。この童子は、木を伐って運ばせるとやすやすと四五人分の働きをし、足もきわめて早かったという。ところが、他の童子といさかいを起こし相手を一撃のもとに倒し、結局追放された。実は、この童子は毘沙門天が聖人のもとに遣わした眷属であった。大江匡房の谷阿闍梨伝によれば、性空聖人のもとを追放された童子は阿闍梨皇慶のもとに来て、召し使われたいと申し出たという。

本朝法華験記巻中第四十五の性空聖人伝には、「形を現じて承り順ひて走使するものあり。もしこれ天童、龍神等なるか」とあって、童子は龍神とも考えられていた。また、渓嵐拾葉集巻第八十七「一、乙護法事」には背振山縁起を引いて、鎮守背振権現は天竺の徳善大王すなわち弁財天であり、それに十五人の護法童子が随従するという。弁財天がまた水神と見なされることといい、童子の類を見ない強力といい、道場法師と性格を共有することは明白である。渓嵐拾葉集には多くの護法童子の例を挙げているが、そのうち役優婆塞の三人の護法の一人は水瓶を持って従い、弘法大師の護法は天野明神および丹生明神あるいは清瀧明神であり、慈覚大師の場合は「又楞厳院中堂五体護法在之、其中赤山明神、化龍神王、護法童子、摩訶加羅、深沙太王等是也」とする通り、それぞれ水と縁が深い。

これを龍神、雷神の側から言えば、彼らが童形を示すことについては諸例がある。今昔物語集巻第二十第十一に、小蛇の姿で陽に当たっていた龍が天狗に捕らえられて洞穴に閉じ込められるが、同じく天狗に捕らえられた僧の持つ水瓶に残っていた一滴の水に力を得て「小童」の姿を現してその洞を蹴破って、僧ともども脱出する説話がある。また、本朝法華験記巻下第八十一、神融法師の験力に敗れて落ちた雷は、蓬髪で恐ろしい顔つきの十五、六歳の童子であった。屈伏した雷神は、水の便の悪かった国上山の寺のために豊かな湧水を約束し、しかも以後は山の四方四十余里に雷電の声を聞くことはなかったという。これは、新しい宗教と古来の宗教とが対立し、やがて調和に至る物語であった。僧を救出し、仏法を守護するこれら童形の雷神と護法童子とは相通うところがある。

こうして、童子としての道場法師は、後世には護法童子と称せられ、仏法を守護し高僧に奉仕する異能の童子たちの前身と位置づけることができるであろう。

四　童子・剣・蛇体・雷

信貴山縁起の剣の護法

信貴山縁起絵巻の「延喜加持の巻」にも護法童子が登場する。

醍醐天皇が病となり、信貴山に籠もる命蓮のもとに勅使が遣わされる。しかし、命蓮は山を下りようとせず、「剣の護法」を参らせよう、それは「剣を編み続けて衣《きぬ》に着たる護法」であると言う。三日ほど後、天皇がまどろむかまどろまぬかのところへ「きらきらとあるもの」が見えて、これが剣の護法であるらしいと思うと同時に気分がさわやかになったという。以上が絵巻の詞章の概要で、絵には清涼殿のあたり、雲に乗り輪宝を踏み、剣を右手に策を左手にする童子がおびただしい数の剣をまとって立つ姿が描かれる。流れる雲を奥すなわち画面の左にたどると、空中を疾駆する童子の姿が描かれている。この剣の護法こそ命蓮に奉仕する護法童子であった。

平安時代には、験者が病気平癒を祈禱し加持を行う時には、護法童子を駆使して、病人に付いて病を引き起こしている悪しき霊や精を打ち責めて追放すると考えられていた(2)。たとえば、堀河の大臣藤原基経が苦しんでいる時に、一人の僧の仁王経読誦の力によって病が癒えたとする説話が宇治拾遺物語第一九一に載る。基経は夢によって仁王経の効験を次のように知る。

寝たりつる夢に、おそろしげなる鬼どもの、我身をとりどりに打《うち》れうじつるに、びんづら結ひたる童子のすはえ持たるが、中門の方より入来て、すはえして、此鬼どもを打はらへば、鬼どもみな逃散りぬ。「何ぞの童のかくはするぞ」と問ひしかば、「極楽寺のそれがしが、かくわづらはせ給事、いみじう嘆申て、年来読み奉る仁王経を、今朝より中門のわきにさぶらひて、他念なく読み奉りて祈申侍る。その経の護法のかく病ませ奉る悪鬼どもを追払侍る也」と申と見て、夢さめてより、心地のかひのごふやうによければ

経や陀羅尼の力の働きは人の目に見えるものではない。そこで、発病とその治癒の過程を、霊物すなわち鬼が人の肉体に攻撃を加えることによって病は起こり、その鬼を護法童子が追い払うことによって快癒する夢として、具象化し視覚化したのである。

信貴山縁起絵巻の剣の護法は、剣と策を手に持つ点で不動明王を想起させるが、毘沙門天二十八使者図像（仁和寺蔵）の第五使者との関連が指摘されている。(3) 第五使者も多数の剣を身体にまとい、右手に剣、左手に策を持ち、剣の護法と類似するところが多い。信貴山縁起絵巻「尼公の巻」の末尾には、

毘沙門作り奉りて持し奉る人は、必ず徳つかぬ人はなかりけり。（中略）この毘沙門は命蓮ひじりの行ひいで奉りたるところなり。

と、毘沙門の霊験を強調する。こうして、命蓮の験も毘沙門に由来すると見なし、命蓮が遣わした護法を毘沙門天の使者と重ね合わせて描いたのであろう。

飛鉢護法

信貴山縁起絵巻「飛倉の巻」には、鉢を飛行させて信者のもとに遣わし布施を得る、倉を載せて信貴山上まで運ぶ、おびただしい数の米俵を長者の家まで運ぶという命蓮の験が語られ、描かれる。この時、鉢はなぜ、どのようにして飛んだのであろうか。実はここにも護法がかかわっていて、鉢は、験者が護法を使役して飛行させていたのであった。今昔物語集巻第十第三十四に「此ノ聖人、年来ノ行ノ力ニ依テ、護法ヲ仕《つかひ》テ、鉢ヲ飛バシテ食ヲ継ギ」とあるように、鉢を人の目には見えない護法が運んでいたはずである。

聖徳太子伝暦の注釈である聖誉鈔下には、信貴山の飛鉢について「空鉢護法、其形蛇形也、鉢ヲ首ニ載ク」と記す通り、蛇体の護法が鉢を首に載せて飛行したと説明する。この説明は、持呪仙人飛鉢儀軌などの飛鉢に関する密教の呪法に関する知識に基づいていると考えられる。その儀軌には、飛鉢の法は行者が幽遠の地において断食斎戒などを経て後、八大龍王を駆使してひと時の間に鉢を奔迴せしめることができると説く。そこには龍王が「鉢を頂き飛び馳す」とも記述されている。聖誉鈔によれば、命蓮の鉢は、肉眼には見えない蛇体の護法が首に載せて運んでいたというわけである。笠井昌昭(4)が、命蓮の駆使する護法童子をウカノミタマ（穀霊）とする観点から、次のように論究するのは示唆的である。

空鉢護法が蛇体として、あらわされるごとく、童子が衣に編んだ剣こそはまさしく蛇そのものであり、また稲妻でもあったろう。

ただし、右の論定は資料の厳密な扱いに基づいていない。聖誉鈔は次のように記述している。

命蓮上人二人ノ護法ヲツカヰ玉フ。一ニハ剣蓋《ケンガイ》護法、其ノ形剣ヲ以衣トセリ。タトヘバ蓑ノ如ク也。大門ノ東脇ニ宝殿在之。一ニハ空鉢護法、其形蛇形也。鉢ヲ首ニ戴ク。(5)

空鉢護法と剣の護法（剣蓋護法）とが別個の存在ではあっても、剣と蛇、雷と剣ひいては童子と無縁であるとは言えない。

なお、朝護孫子寺には室町時代末期制作とされる命蓮画像(6)があり、それには命蓮の頭上に鉢を戴き雲に乗る龍と、画面の左下には水瓶を肩に載せて左手に三鈷、右手に杖を持つ童子が描かれている。聖誉鈔に言う空鉢護法と剣蓋護法に該当するであろう。

剣・龍蛇・雷

剣と蛇体、剣と雷電との関係は様々の伝承に見られる。

たとえば、記紀のヤマタノヲロチ退治の神話では、切られた大蛇の尾のあたりより刀剣が出現する。古事記では草なぎの太刀、日本書紀では草なぎの剣と呼ばれる。ここに蛇と剣あるいは太刀との一体関係が見られる。また、古事記中巻、垂仁天皇の后サホヒメが兄にそそのかされて眠っている天皇の頸を紐小刀で刺し殺そうと試みるが、哀しみの情に堪えず実行できなかった。目を覚ました天皇は、錦の色の蛇が自分の頸に巻き付く夢を見たと語る。さらに、播磨国風土記の讃容郡中川里の条、滅びた家の跡から剣が出土したという。それは明るい鏡のようであった。剣の刃を鍛冶に焼かせたところ、剣は「申屈《のびかが》みして蛇の如し」という霊異を現じた。そこで、この剣を掘り出した者は朝廷に献上したという。これらの伝承は剣と蛇とが格別に相近い存在、蛇と刀剣とが相互の象徴となる関係にあることを示すものであろう。

刀剣は、また雲と関連づけられる。ヤマタノヲロチから出現した剣は、日本書紀に「一書に云はく」としてもとの名は天叢雲《あめのむらくも》の剣であるとして、「蓋し、大蛇居る上に常に雲気有り。故以て名づくるか」と説明する。この措辞は、史記高祖本紀「季所居上、常有雲気」によることは明らかである。この雲気は、季（漢高祖）が龍を父として生まれたことと関係がある。日本書紀の場合、雲気は剣によるものであるとしても、剣を内蔵する大蛇を龍と関連づけようとした意図が透かし見える。

雷との密接な関係を示す剣の説話が古事談巻第一（九）（富家語一五七に基づく）にある。醍醐天皇から敦実親王へ、敦実親王から藤原師実へと伝えられた坂上宝剣は、「雷鳴之時ハ、自脱云々」とある。このように剣と雷とが感応しあうところに、この宝剣の霊妙なるゆえんが強調されるとともに、刀剣と雷の関連の深さが示される。

龍神あるいは雷神が童子の姿を取ることの多いことは、見てきた通りである。そして、菅原道真もまた龍神としての童子の一人と言ってもよいであろう。恨みを含んで死んだ道真は、火雷天神となって廷臣たちを蹴殺し災いをもたらし、世の中を震撼させ、青龍の姿で時平に取り憑いた。北野天神縁起によれば、道真は実は菅原是善の子ではなかったという。菅家の南の庭に五、六歳の童子がどこからともなく現れ、只人とも見えないその容顔を見て取って、是善が養い育てたのであった。この不思議な童子の登場は雷神（龍神）を想起させないであろうか。

以上述べてきたような童子、雷、龍、剣に関する象徴関係は、従来指摘されたことがなかったわけではない。神田秀夫(7)は、水を中心に、また水に媒介されて稲妻、落雷、剣、蛇が互いに他を象徴し、相互に置換可能な関係にあることを図示している。いま、稲妻と落雷を雷に統合して童子の一項をここに加えてみる。すると、その関係は左上のように表すことができる。

龍蛇と剣と童子と雷神とは、相互に他を象徴する関係にあり、その中核には水の霊力がある。水が不思議な働きを負い持ち、人間界で霊妙な働きを示す時、それは龍蛇、剣、童子の姿で出現する。この観点は、様々の説話の読解に有効であろう。

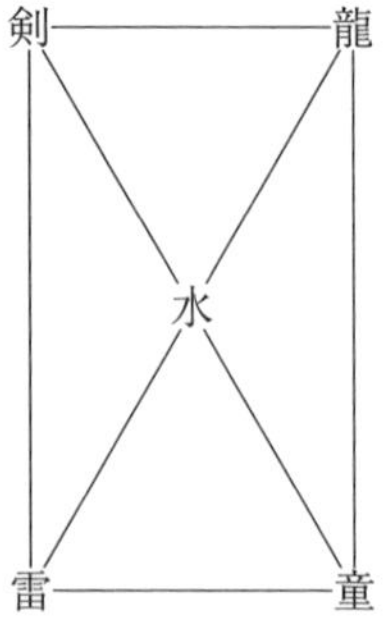

五　忌避される童子たち

荒ぶる童子

様々の護法童子たち、彼らは名辞通り仏法の守護神であった。しかし、性空聖人に仕えた童子のように、その異様な形姿と並外れた膂力によって恐れられ忌避されたことを見落としてはならない。彼らは、かつて仏法に敵対した古来の神の面影を伝えている。それゆえ、ともすれば、酒呑童子のように伝教大師に比叡山を追われ、弘法大師に封じられて、しかしついにこれを逃れて後はなおもあさましい所業を続けて秩序を破壊し続ける者もいた。水神とその末裔は、本来仏教に対して対立と守護の二面を具えていて、伝承のなかではその一方が強調されることになる。道場法師も例外ではない。彼は、諸王と元興寺との水争いをもっぱらその力に頼り、至極乱暴に解決してしまう。

こうした荒々しさは、元興寺に出没する鬼を退治する3の要素に顕著である。しかも、道場法師に退治された鬼の素性が巷に埋められた元興寺の「悪しき奴」の霊であったという点に注意を向ける時、道場法師と鬼との、また聖徳太子との同体関係が立ち現れてくる。

表裏の関係

伝承の世界では、道場法師と聖徳太子は何の交渉も持っていないけれども、じつは同時代人であった。二人はともに敏達天皇の代（五七二～五八五年）に生を受けている。道場法師が童子となったのは、崇峻朝（五八七～五九二年）から推古朝（五九二～六二八年）の初期、元興寺が建立されたばかりの頃ということになる。元興寺の建立の時期と経緯に関する所伝は複雑であるが、いま日本書紀によれば、崇峻天皇元年、聖徳太子や蘇我氏が排仏派の物部氏を滅ぼした後、四天王寺とともに元興寺の前身の法興寺が建てられたという。推古紀四年に完成のことが見える。崇峻天皇即位前紀が「〈物部の〉大連の奴の半と宅とを分けて、大寺の奴・田荘とす」と記すように、この時、奴らの半ばは四天王寺に隷属することになった。残りの半ばは公に没収されたというのか、それとも、続けて元興寺の建立のことを記すから、そこの奴となったとも解しえなくはない。そうであれば当然、またそうでなくとも、元興寺の「悪しき奴」とは一般的に「悪」ではなくて、仏敵とみなされていたのであろう。「悪しき奴」は、そうなったかもしれない道場法師のもう一つの姿であった。

それでいて、道場法師は物部氏を滅ぼした聖徳太子とも重なる。排仏派との戦に臨む聖徳太子の姿は、「束髪於額〈古の俗、年少児、年十五六の間は束髪於額す〉」（日本書紀）と童子性が強調されて、道場法師との類似が鮮明である。道場法師による鬼退治譚の背後には、仏法と固有信仰との対立がねじれながら潜んでいたことになる。

注

（1）この「鬼」字を「おに」と読むことができるかどうか不明。「もの」と読んでおくのが穏当であろう。「鬼」については、森正人「古代心性表現論序説」（『国語国文学研究』第四九号　二〇一四年三月）参照。

（2）森正人「〈もののけ〉考――現象と対処をめぐる言語表現――」（『国語国文学研究』第四八号　二

〇一三年二月）ほか参照。

（3）藤田經世・秋山光和『信貴山縁起絵巻』（東京大学出版会　一九五七年）Ⅱ『ものがたりのなりたち』。

（4）笠井昌昭『信貴山縁起絵巻の研究』（平楽寺書店　一九七一年）第三章「飛倉の巻」のモチーフについて。

（5）『法隆寺史料集成　十』（法隆寺昭和資財編纂所　一九八五年）により、小書の片仮名を漢字の大きさに揃えて濁点を施し、句読点を加えて読みやすくした。

（6）小山聡子『護法童子信仰の研究』（自照社出版　二〇〇三年）の口絵に掲載される。

（7）神田秀夫「上代説話研究叙説」（『国語と国文学』第三九巻第一〇号　一九六二年一〇月）。

【追記】　本節は短小な研究ノートとして初めは発表され、本書に載録するに当たり大幅に増訂を加えた。そのため、研究ノートの一部を基に発表した論文に基づく、本書第一章「龍蛇と菩薩――救済と守護――」、第二章「東アジアの龍蛇伝承」とは論述に重複するところがある。第一章、第二章が龍蛇の観点からの論述、本節は童子の観点からの論述で、相補関係にある。

2　能「道成寺」遡源

一　はじめに

道成寺縁起絵巻の絵解き説法

紀州道成寺の「絵とき説法」は、絵巻を用いた今日に残っている唯一の絵解きである。新旧二種の台本が伝存しており、それによって江戸時代末期には行われていたと推定されるけれども、それがどこまでさかのぼるかは知りがたい。ただ、道成寺縁起絵巻（道成寺蔵）二巻は、絵解きするにまことにふさわしい画面構成をそなえ、あるいは少なくとも、絵巻の画面構成が絵解きに巧妙に生かされている。たとえば、背景を大胆に省略して物語の焦点を明瞭にし、また、主題を担う登場人物すなわち僧を追いかける女がくりかえし画面に登場するが、その朱色の衣装は、熊野参詣の人々の白い浄衣姿のなかに配されて、遠目にもひときわ鮮やかである。

絵解き説法が進められていくなかで、視聴の人々がきまって思わず嘆声をもらすのは、清姫（ただし、絵巻のなかでは単に女房と呼ばれて、この固有名詞は与えられていない）が、安珍（これも絵巻では僧としか呼ばれない）を追いながら、蛇に変身する場面である。それは、女が髪と着物を乱して顔つきも変わりはじめ、ついで口から火を吐きつつ首から上は蛇に変じ、ついに全身蛇体となって川を泳ぎ渡るという三段階三場面に描かれている。変身の様を段階的に示して見せたのは、絵師の工夫であろう。それは絵巻の鑑賞者の視覚には一面効果をもたらしたかもしれないが、結果として絵巻内部に微細ながら齟齬を作ってしまった。絵巻詞章には、逃げる僧に言いふくめられていた船頭が舟を出そうとしなかったために、女は「其時、きぬを脱捨て大毒蛇と成て、此河をば渡りにけり」と叙述されているからである。

類似の物語を絵巻あるいは絵本に仕立てた日高川の草子、賢学の草子でも、川を泳ぎ渡るうちに変身するのであって、それが古いかたちであったと見なされる。道成寺縁起絵巻における絵と詞章の齟齬は、ほかの部分にも見いだされる。約束をたがえて立ち寄らなかった僧のことを、女が熊野参詣の人々に尋ねるところに、「や、、先達の御房に申すべき事候。浄衣くら（「掛羅《くわら》」か）懸て候若き僧と、墨染着たる老僧と二人つれて下向するや候つる」という科白はあるものの、この老僧は画面にまったく姿をみせない。この説話の最も古い記録である本朝法華験記にも登場する、連れの老僧の姿を描かなかったのは、画面構成の安直さを示すものかもしれないが、追う者と追われる者に事件を集約して、これも主題を効果的に表現しようとした絵師の配慮とも解せられる。

古くならない物語

女が蛇に変じていく様を段階的に描いた結果、絵巻詞章との間に齟齬を生んだばかりでなく、想定しうるこの物語の原像あるいは構造とかけ離れることになった。しかしもとより、そのことは非難さるべきことではない。物語は、それを語り書き描きあるいは演ずるという、具体的な営為を通じて実現されるものであり、実現されるそれぞれの場の性格や目的に応じて、さまざまの主題や表現の方法を取りうるからである。というより、さまざまの主題や表現を取ることによって、はじめて物語は享受され伝承されていくのである。実現するにふさわしい場を得つつ、また場にふさわしい主題と表現を選んで、一定の変容はこうむりながら、物語は消滅することはない。現在、道成寺の参詣者の目と耳を楽しませている絵解き説法は、物語実現にふさわしい機会を得ているというべきである。絵解き説法が好評であるのは、その説き方の巧みさはもとより、この物語が、能、浄瑠璃、歌舞伎、舞踊、あるいは民謡などによって広く親しまれてきたことによるのであろう。しかしそれならば、この物語がさまざまなかたちをとって、長く広く享受されてきていることこそが問われなければならない。

「お話しは千年たちますが古くなりません」というのは、この物語を通して男女の愛欲の問題を提示する絵解き説法の結びの言葉である。しかしこれは、女が蛇に変ずる場面で一様に漏れる、視聴の人々の驚嘆と畏怖の声の底から確かに聞き分けることのできる、ただし必ずしも意識されていないある何ものか、すなわちこの物語に内在し伝承に伏流しつづけてきた根源的なものを、期せずして言い当てているかのようである。

二　道成寺説話の展開

道成寺説話の機能

若い修行僧に恋慕した女が、熊野から下向する折に立ち寄るとの約束を変じた僧（あるいは女のもとを逃げ出した僧）を追いかけ、憤りと恨みの余り蛇となって、寺の鐘の中に隠れた僧を鐘ともども焼き殺してしまうという説話を載せる最も古い文献は、本朝法華験記巻下第一二九である。そこでは、悪道に堕ちた女と僧が法華経書写の供養によって天上に転生するという結末が与えられ、法華経霊験譚として機能している。それは今昔物語集巻第十四第三および探要法花験記下第四十一にも引用されて同じ機能を果たす。元亨釈書巻第十九願雑・霊怪篇に載るのは、右と説話の骨子を等しくするが、僧を鞍馬寺の安珍と呼んでいる。固有名詞をそなえているのは、これが法華経霊験譚でありつつも、僧伝として必要な要件であったからであろう。

一方、道成寺縁起絵巻にごく簡略ながら寺の創建に言及するところがあって、それは鐘が失われたことに関する歴史のほかに、寺自体の縁起として機能させなければならなかったからである。そして、画中に王子社を描いたり、詞章にも熊野の霊威を説いたりしているのは、この絵巻が熊野参詣の人々に享受されることを期待して成ったからであろう。同趣の物語を絵巻ないし絵本に仕立てた賢学の草子、日高川の草子は、僧と女とが前生から深い因縁で結ばれている関係であったという要素を強調し、道成寺という特定の寺院の鐘の失われた由来とは無縁に展開している。限定された宗教上の目的からは自由な広い場で、男と女の物語として享受されていたことを示すものであろう。

源流としての神婚譚

このように、享受の機会によって物語はさまざまのかたちを得ることになるが、いまその問題を離れて注目されるのは、女の変身する場が明瞭に二系統に分かれるという点である。本朝法華験記、今昔物語集、探要法花験記および元亨釈書のように「隔舎」「寝屋」に籠もって変身する型と、賢学の草子、日高川の草子、そして能「鐘巻」、能「道成寺」におけるワキの語りなどにおける、川を泳ぎ渡るうちに変じた、あるいは蛇となって川を渡ったとする型とである。変身の装置あるいは契機としての閉じられた空間と水とは、この物語の古層に想定される信仰、忌みごもりと禊ぎのはるかな遺響であろう。それは、はやく安永寿延(1)が論じたように、神婚の物語であったかも知れない。老僧の夢に若い僧が現れて訴える、「遂《ニ》為《メニ》二悪女《ノ》一被《レテ》レ領《ゼ》成《リ》二其夫《ト》一、感《ジタリ》二弊《つたなク》悪《シキ》身《ヲ》一［遂に悪女の為に領ぜられてその夫と成り、弊く悪しき身を感じたり］」（本朝法華験記）、「終《つひ》に悪女のため夫婦となれり」（道成寺縁起絵巻）という言葉は、仏教的観念に装われているものの、僧の蛇への変身および神霊との結婚を明瞭に語っている。すると、僧が隠れこもったところの鐘もまた聖婚の秘儀の空間であり、変身の装置であったといわなければならない。

能「道成寺」におけるワキ僧の語りによれば、蛇が「龍頭を銜《くは》へ七纏《まと》ひ纏ひ、炎を出だし尾をもつて叩《たた》けば、鐘はすなわち湯となつ」たという。尾をもってたたくのは、やはり神婚伝承の系譜を引くと見られる日本霊異記中巻の二つの説話において、女が「閉《ヂ》レ屋《ヲ》塞《ギ》レ穴《ヲ》堅《メテ》レ身《ヲ》」（第八縁）、「閉《ヂ》レ屋《ヲ》堅《メテ》レ身《ヲ》」（第十二縁）いる——忌みごもりの姿であろう——その家の壁を、訪れた蛇が尾をもって拍《う》つように、神婚譚の類型であったらしい。そして、物に巻き付くのは蛇の習性にすぎないとしても、ここに竹生島縁起の「爰《ニ》海龍変《ジ》二大鯰《ニ》一廻《ルコト》レ島《ヲ》七匝《めぐり》。蟠《わだかまり》繞《めぐりテ》首尾相《ヒ》咋《くはへ》、毎《ニ》二其《ノ》一匝一一神顕坐《あらはれまします》」（群書類従本。護国寺本諸寺縁起集、伊呂波字類抄所収の縁起も同趣）という記述を連想することは許されるであろう。それは、神聖なものが出現するかたち、鎮座する姿であり、巻かれるものとその場を聖化する儀礼であったと認められる。蛇体に見立てた綱や縄を、樹木その他に巻きつけて祭る神事もある。こうして、若い僧は鐘の中という聖なる空間で死と再生を果たしたのである。

三　鐘巻の芸能

くりかえされる変身

法華経書写の供養によって得脱を得たはずの女＝蛇が、いまだに執心をとどめていて、再建された鐘の供養の場に出現し、ふたたびこれを破壊するというのは、能「鐘巻」、能「道成寺」の秀抜な着想であった。この着想によって、浄瑠璃、歌舞伎その他の道成寺ものの豊穣な展開も用意されることになったのである。能はたしかに道成寺説話の後日譚にはちがいないけれども、それは強調してもさして意味のない単純な道理にすぎない。蛇体への変身が幾度もくりかえされる点にこそ、能およびその他の道成寺ものの意義は存するというべきであろう。

能「鐘巻」、能「道成寺」には先行する芸能があったと見なされる。東北地方の山伏神楽、番楽のうちに伝わる「金巻」という曲がそれに相当するであろう。それは、金巻寺に参拝しようという女と、女人禁制を言いたてる寺の別当との押し問答の末、女は蛇となって鐘を襲うが、山伏が登場してこれを制伏するのである。もとは修験道の験力を誇示し宣布する目的をもつ宗教劇であったと見られ、詞章を異にするものの、構成を同じくして、能「鐘巻」、能「道成寺」の原型の一つであったと認めてよいであろう。

能「鐘巻」および能「道成寺」と山伏神楽

一般にこの種の民間芸能と能の関係は単純でなく、大成した能からの移入と崩れを想定すべき場合は少なくないとしても、山路興造(2)はそのことを認めたうえで、なお山伏神楽が大成以前の能の様式をそなえていることを強調している。

いま、本田安次『山伏神楽・番楽』（斎藤報恩会　一九四二年）に翻刻紹介されている多数の「金巻」の詞章に就けば、女の「まなぐの長者がひとりひめ」（八幡本）、「都なる真砂の庄司が一人娘」（野崎本）という名のり、「かねまき道成寺に鐘の供養の有る由を承り」（野崎本）など、明らかに能あるいはそれ以外の道成寺の説話と接触した形跡をもつごく少数の台本がある。一方、「ふせ屋の長者の一人の姫」（大償本）、「すゞかの一人の姫」（晴山本）、「なにうらやなのべの長しやのひとり姫」（西口氏本）、「アメノフセヤノ長者ノヒトリ姫」（夏屋本）、そして「ゆらの開山、金巻寺」（羽山本、晴山本）、「奈良の御寺」（田子本）、「こうのかねまき寺」（西口氏本）、「カネマキ寺」（夏屋本）などと異同ははなはだしいけれども、多くは基本的に能とは交渉していないと判断される。この神楽は本来、紀州道成寺の鐘巻説話とは直接結ぶことなく演じられるものであったことが知られ、能「鐘巻」、能「道成寺」との関係に限れば、山伏神楽が先行したことは否定しがたい。しかしながら、山伏神楽が道成寺の鐘巻説話とまったく無縁であったのではない。山伏神楽は能に枠組を提供し、これを承けた能は道成寺の鐘巻説話と結んだのであるが、その結合は必然であり本質的であった。すなわち、淵源を同じくして、流伝の経路を異にする説話がふたたび出会い合一したのが、能「鐘巻」、能「道成寺」であったといえないであろうか。それは、鐘入りの原義は何かという問いを通じて明らかにされるであろう。

領布《ひれ》振りのわざ

ふたたび、本田『山伏神楽・番楽』によって神楽の鐘入りの演技を概観する。

鐘に近より、〔龍頭に結ばれた〕帯をとり、（中略）浮き沈みをし、タタタを踏み、帯のはしをもつて、右に、左に打つ様に振り、（中略）帯にからまり、左右をきり、ほぐれ、坐し、伏す。次にふるへつゝくびをあげ、立ち、進み、坐し、ふるへつゝ立ち、つと小めぐりしつゝよると、鐘持が鐘をかぶせる。そのまゝ幕を押出し、これにかぶせる。（丘の「金巻」）

次に先程の鐘の緒〔＝帯〕をとり、色々にして左右をきつて舞ふ。坐し、伏し、拝み、持物を振ることなどあり、これを三方に繰返し、緒をしごき最後に逆にめぐつて緒にくるまり、鐘（太刀）を胴よりとり、これを持ち、打ち震へる如く、伏し、居ざり、（中略）右手に倒れ、左手に倒れ、ふらふらと、また持物を左右につき等あつて入る。（田子の「金巻」）

このように、演者は蛇に変じていく様を見せながら、同時に鐘の緒を蛇に見立てて打ち振り身体にまといつかせるのである。山伏神楽そして能にあっても、蛇は制圧さるべき煩悩の表象に違いないとしても、仏教的観念を除き去るならば、細長い布をうち振ること、身体にまといつかせることの原質が明らかになるであろう。たとえば、蛇の室および蜈蚣と蜂の室に入れられた大国主の神は、須勢理《すせり》毘売《びめ》の命《みこと》に授けられた領布《ひれ》をうち振って、その難をしりぞけた（古事記上巻）。また、新羅王の子天《あめ》日矛《ひほこ》が渡来して持ち伝えた八種の宝のうちに、「浪振るひれ」「浪切るひれ」「風振るひれ」「風切るひれ」が含まれていた（古事記中巻　応神天皇条）。領布は、うち振ることによって霊威を生ずる呪具であり祭具であった。万葉集巻第五に詠われる、任那に使する大伴狭提比古《さでひこ》を見送る松浦佐用比売《まつらさよひめ》が領《ひ》布《れ》を振ったという伝承も、それが単に惜別の情をあらわすのでなく、本来呪術的な意味が含まれていたであろう。肥前国風土記には、大伴狭手彦《さでひこ》との別れに領布を振った弟日姫子《おとひひめこ》が、その後夜毎に通って来る男（蛇）と結ばれ死んだと伝える。領布振るわざと、三輪山型の神婚伝承の結合は偶然ではないであろう。

荒神神楽の託舞

東北の山伏神楽「金巻」の舞踊は、中国地方の神楽における託舞と特に密接な関係をもっていると見られる。この託舞に言及する研究は少ないが、石塚尊俊(3)によれば、神託を得るための舞として布舞と蛇舞の二種があるという。布舞は、

> 初め静かに覡舞を舞い、次いで一反の漂白木綿二丈余のものを解いて二尺くらいの竹につけたものを持ち、初め静かに、後荒く、あるいは回し、あるいは波打たせ、床につかぬように打ち振っているあいだに自然に神が乗り移り、布が体に巻きつくと、予め置いてある二つの米俵にどっかと腰をおろす。

蛇舞は、

藁蛇を解き、頭を神座に向かって右の柱に結び、尾をそれとは対角線になるように結びつける。（中略）神楽大夫二人が扇と鈴を採り、太綱すなわち藁蛇の両側に分かれて静かに覡舞を舞う。（中略）双方から大綱にとりつき大きくゆする。（中略）かくして激動の後、一人が神懸かり状態になると、他の一人は楽屋へ入る。大勢して大綱をおろし、坐っている託太夫の回りに巻きつけ、上から白蓋を垂らす。

この二つのいずれかを経て託宣を得るのであって、祭祀の根幹をなす部分である。二つの舞踊は一見かけ離れているかのようで、綱と布が、ゆすられあるいは振られ、神がかる者に巻きつけられる点で同じ機能を持つと認められる。これらを参看すれば、神楽「金巻」の女の舞踊は、本来成巫の方法として行われていた儀礼が、修験の威力を示す劇に組みこまれることによって、その意味を変えたものという想定が成り立つであろう。

四　鐘入りの原型

舞処の白蓋

こうした成巫の舞踏を神楽「金巻」の原型として認めることができるとすれば、能「鐘巻」、能「道成寺」にも同じ原型を想定することが許されるはずである。ついで、山伏神楽および能における鐘入りの原義ないし原型が問われることになる。

山伏神楽にあっては、鐘持が鐘をかぶせそのまま幕を押し出してかぶせる、あるいは単に幕に入る型であるが、能の鐘入りはつり上げてある鐘を後見が落としこれにシテが飛び入るという華やかな演出である。白拍子は鐘の中で蛇への変身を果たす、要するに作りものへの中入りである。変身装置としての鐘の意味については、本田安次『能及狂言考』（丸岡出版社　一九四三年）「鏡の間の神秘」が、奥三河の神楽における白山《しらやま》の儀、千葉県広済寺の鬼来迎における死出の山との関連を指摘している。

　白山は、早川孝太郎『花祭』（岡書院　一九三〇年、講談社学術文庫に復刊）後篇に、今は絶えた儀礼が古老からの聞き取りによって復原研究されている。それは青柴をもって囲った方形の建物で、天井部分には白蓋《びやつかい》（「ビャッケ」ともいう）を飾り、橋がかりによって舞処《まいと》と結ばれている。六十一歳の本卦還りの男女が白装束で、無明の橋と呼ばれる橋がかりから白山に入り（「浄土入り」という）、枕飯を食し、そこへ多くの鬼が四方の口から鉞を持って飛び入って舞い、白蓋を切り落とし、ついで獅子が白山をかけ抜けて（「白山を割る」という）終わる。それは、武井正弘[4]が詳細に論じているように、死と再生の模擬であった。また、神事にあずかる者の籠もる山の意義、それと舞台上の作りものの等質性は、折口信夫の著述[5]に説かれる通りであろう。

　神楽の白山に飾られる白蓋は、花祭にも用いられる。それは、おおむね竹を格子型に組んだ方形の枠の四方に白紙を垂れ、これに種々の幣の類を下げたもので、舞処の中央に下げられ、そこから神の渡り来る道と考えられている紐「カミミチ」が四方に引き渡されている。そして、ビャッケ煽りの舞において、鬼が舞いながら白蓋の中央に下げられたサンザを鉞で切り落とす。また花そだての儀に、白蓋を奉納した願主がこれを頭にいただき、花の山すなわち極楽浄土にめぐりあう因縁を説明した祭文を唱えながら竈を巡る（『花祭』前篇による）のは、神楽の白山で白蓋が切り落とされることと対応するであろう。

神を誕生させる装置

奥三河の白蓋と同じものが、中国地方の神楽で天蓋、玉蓋などとも称されて重要な役割を果たすことは、先の石塚論文が、託宣を得るための蛇舞において神がかる者の上に垂らされる方法を紹介していることによって知られる。その特徴は、白蓋をつり下げてある縄を引きゆるめることによって、上下するところにある。牛尾三千夫(6)は、白蓋がはじめ静かに次第に激しく引きゆすられる下で舞われる方式を紹介し、それが奥三河の白山の儀と同じ観念に由来すること、その下で舞う小さい男は神の出現を意味することを指摘している。神楽の白蓋の機能は一様でないけれども、伊勢外宮大大御神楽儀式（『日本庶民文化史料集成　第一巻』三一書房　一九七四年）に、斎場の装飾として用いられる「懸《クル》二神座上《ノウヘニ》一蓋一枚」を掲げ、これに「此謂真《ま》床覆衾《とこおふすま》」と注記をほどこしているのは、結果としてそれらを統一的に説明する理念であった。奥三河の神楽の白山の儀に用いられ、花祭の花そだてに願主が頭に戴くのは、それが再生の装置であることを意味し、中国地方の神楽の託舞で、それが神がかる者の頭上におろされるのも、神を誕生させる装置であったからである。

こうして、白蓋が引綱によって上下し、また神がかりする者、再生すべき者の頭上に冠せられる点において、形態上も機能上も、能「鐘巻」、能「道成寺」の鐘に類似することが知られる。そうした類似が、両者を直接に結ぶことを保障するものではないとしても、白蓋を鐘の原型ないし鐘と同祖のものと想定して誤りではないであろう。さらに、能「道成寺」における、白拍子による乱拍子の静から急之舞の動への変化を、神楽の託舞における静から動への変化と対応させて理解することも可能である。

「鐘巻」「道成寺」の成立する根拠

如上の検討を通じて明らかになるのは、能「鐘巻」、能「道成寺」が、鐘巻説話の単なる後日譚ではないということである。鐘巻の説話およびそのいわゆる後日譚には、

(一)女…………(1)水↓蛇↓鐘巻

　　　　　　(2)室↓蛇↓鐘巻

(二)僧…………鐘入↓蛇

(三)白拍子……鐘入↓蛇↓水

という四種三回の変身が行われることになるが、それぞれは同一の深層構造をそなえ、(三)能「鐘巻」

と能「道成寺」は㈠㈡の繰り返しであった。しかも㈢は、㈠⑴を逆にたどって展開し、鐘巻の物語およびいわゆるその後日譚は鮮明な循環構造を形成する。こうした深層構造の同一性と循環構造こそは、能「鐘巻」、能「道成寺」の成立根拠であり、これに続く道成寺ものの諸芸能が展開する根拠であった。

五　両義的な龍蛇

招き寄せられる神と追放される霊物

法華経提婆達多品における龍女の成仏は、畜生道のなかでも特に罪障重いと観念されていた龍蛇をも救済しうる仏法、就中法華経の威力の広大なることを物語ろうとするものであった。龍蛇を制圧あるいは救済する仏法霊験譚の多いゆえんであり、道成寺の鐘巻説話、神楽「金巻」および能「鐘巻」「道成寺」の場合も、もとより同じ文脈に属している。しかし、これまでの分析に従えば、蛇体への変身は神の出現という原像を持っていた。

招き寄せられる神から制伏され追却される霊《もの》へ転化する場合は、決して少なくない。たとえば、須佐之男命に退治される八俣の大蛇の神話的伝承にはさまざまの解釈が加えられているが、日本書紀巻第一ヤマタノヲロチ退治を記す一書第二には、須佐之男命が「汝は是可畏《かしこ》き神なり。敢へて饗《みあへ》せざらむや」と言い、大蛇の口ごとに酒を注ぎ入れるという異伝が載り、松村武雄『日本神話の研究　第三巻』（培風館　一九五五年）は、これを退治型以前の神招《お》ぎ型の痕跡と見なしている。

生死＝菩提としての龍蛇

神招ぎと退治追却の違いは、岩田勝『神楽源流考』（名著出版　一九八三年）の考えによれば、祭式の場に来臨する神霊と司祭の関係、ひいては神霊と人間の関係がどのようなものとして意識されるかの位相差である。岩田は、中国地方の神楽の詞章や芸態を詳細に分析して、神子《みこ》＝神がかりする者と、法者《ほっしゃ》＝神子を舞わせ神がからせ語りを引き出す者との関係のしかたを基準に、託宣型（Ⅰ型）と悪霊強制型に大きく二分し、後者をさらに、Ⅱ型祝詞《のっと》の舞とⅢ型使霊の舞に二分している。そして、「時と処と人びととの主観的意味づけによって、そのいずれかの面を現わす」「荒神の両義的な性格」を指摘し、「守護霊としての荒神の招迎と、悪霊・死霊の祟り霊としての荒神の鎮送という二面が、祭儀として一体的に構造化されたものが、荒神神楽という神楽のまつり事」であるとして、託宣型と悪霊強制型を、鮮やかに統一して説明した。

このように出現する神霊が両義的であるとすれば、ことに肉体による舞踊や演技の場合、その表層の意味性が深層の構造に支えられているということである。そしてそのことは、この鐘巻の神楽や能に接する中世人にも直観的に知覚されていたのではなかったか。

渓嵐拾葉集巻第三十六には、弁財天と法華経の龍女の関係をめぐって次のように記述されている。

一。生身弁財事　示云。先龍神《ハ》居㆓大海最底㆒《ニ》事《ハ》。凡龍畜《ノ》依身《ハ》、三毒極成《ノ》体。生死沈没《ノ》本源也。故《ニ》大海《ノ》最底《ニ》居住《ス》。又能居《ノ》正法《ニモ》有㆓此表示㆒。我等《ガ》水輪《ノ》中《ニ》有㆓肺《ノ》蔵㆒。其中有㆓《ニ》金色《ノ》水㆒。其中《ニ》三寸《ノ》蛇在㆑之。我等《ガ》第六《ノ》心王也。肺《ノハ》蔵西方《ノ》妙観察智《ノ》所在也。妙観察智《ハ》第六識邪正分別識也。即是我等是非思量覚《ノ》体也。（中略）所詮我等《ガ》無作本覚《ノ》本有全体《ハ》蛇形也。故高野大師御釈《ニ》云。迹化帰㆓蛇類㆒文　云意《ハ》一切《ノ》神祇冥道《ノ》垂迹《ハ》皆蛇形也。其故《ノハ》一切衆生ツクロハザル本有念体《ノ》蛇曲心也。サレバ凡夫衆生悉蛇身《ノ》感得《スル》也。為㆑応㆓同《ルカ》之㆒《ニ》。垂迹《ノ》神明現《ジ》㆓蛇身《ヲ》㆒給《フ》。仍《チ》帰《スト》㆓蛇類《ニ》㆒釈《シ》給也。

ここには、天台本覚思想に立脚して、龍蛇が、人間存在の根源に存するところの生死＝菩提の相として、また神明の顕現する姿として捉えられている。もとよりそれは、教学の水準での観念的な理解にすぎないけれども、むしろ、広く中世人に直観されていた両義的な龍蛇観を論理化して見せたものであろう。道成寺の絵解き説法の視聴者の、蛇に変じていく女の様に接してもらす嘆声は、まさしくこの龍蛇の深層に触れてのものと聞きなされる。

注

（1）安永寿延『伝承の論理　日本のエートスの構造』（未来社　一九六五年）「道成寺説話の系譜」「道成寺説話の本質」。

（2）山路興造「もう一つの猿楽能――修験の持ち伝えた能について――」（『芸能史研究』四四号　一九七四年一月）。

（3）石塚尊俊「備中荒神神楽の研究――曲目構成を中心に――」（『国学院雑誌』第六二巻第一〇号　一九六一年一〇月）。

（4）武井正弘「花祭の世界」（『日本祭祀研究集成　第四巻』名著出版　一九七七年）、同「奥三河の神楽・花祭考」（『修験道の美術・芸能・文学（I）』名著出版　一九八〇年）。

（5）折口信夫「山の霜月舞――花祭り解説――」（『折口信夫全集　第十七巻』中央公論社　一九九六年）、同『日本芸能史ノート』（中央公論社　一九五七年）十八「作りもの」。

（6）牛尾三千夫「大元神楽に於ける託宣の古儀」（『日本民俗学』第一号　一九五三年五月、『日本祭祀研究集成　第五巻』名著出版　一九七七年）、同「神楽に於ける託宣の方式に就いて」（『日本民俗学会報』第二号　一九五八年八月）。

【追記】　道成寺の絵解き説法に関する記述は、一九七〇年代後半から八〇年代前半に三回聴聞したところに基づく。絵解きの言葉の引用は、当時同寺で売られていたカセットテープによる。テープを収める袋は「道成寺管首の絵とき説法」と題され、「此のテープは前管主宏海師（今年八十三才）の説法録音です」と記載されている。

第四章　龍宮伝承

1　東アジアの龍宮訪問譚

一　はじめに

龍宮はさまざまの伝承文学に語られる異境で、現代の日本では浦島説話に語られ描かれてよく知られている。ただし、古代の浦島説話にあっては、主人公が訪れるのは蓬萊（日本書紀、丹後国風土記逸文、続浦島子伝記等）であり、ワタツミ（万葉集）であった。これが龍宮に変化するのはおおよそ室町時代の御伽草子以降と見なされるが、その変化は、仏典のほか浦島説話の周辺に伝えられていた種々の龍宮訪問譚の影響を考えるべきであろう。ここでは、それら龍宮訪問譚の系譜をおおまかに辿るとともに、これまでほとんど注意を向けられることのなかった朝鮮の龍宮伝承を取り上げて、東アジアの基盤的伝承の一事例を明らかにしようとするものである。日本の浦島説話もその基盤的伝承との関係を通して位置付けを得るであろう。

二　俵藤太伝承とその先蹤

龍宮の映像

龍宮は異境の一つである。したがって、龍宮に関する伝承はほとんど例外なく異境訪問譚として語られることになる。異境は人間界とは異なり、その世界独特の秩序によって支配され、この世と正反対の、あるいは一見この世に似ていても何か重大な相違のある空間として形象される。特に龍宮は豪華絢爛たる宮殿をそなえ、人間界にない貴重な宝物に満たされた世界であった。

たとえば、今昔物語集巻第十六第十五「観音に仕る人、竜宮に行きて富を得る語」は龍宮という空間の景観を具体的に描写する日本の文献としては古いものの一つであろう。

> 微妙《めでた》ク荘《かざ》リ造レル門ニ至レリ。（中略）重々ニ微妙ノ宮殿共有テ、皆七宝ヲ以テ造レリ。光リ耀ク事無限《かぎりな》シ。既ニ行畢《はて》テ、中殿ト思シキ所ヲ見レバ、色々ノ玉ヲ以テ荘テ、微妙ノ帳・床ヲ立テ、耀キ合ヘリ。

この描写は、太平記巻第十五、俵藤太藤原秀郷が訪れたという琵琶湖底の龍宮もほぼ同趣である。

> 瑠璃ノ沙《いさご》厚ク、玉ノ甃《いしだたみ》暖ニシテ、落花自《おのづから》繽紛タリ。朱楼紫殿玉欄干、金ヲ鏢《こじり》ニシ銀ヲ柱トセリ。其壮観奇麗、未曽《いまだかつ》テ目ニモ不見《みず》耳ニモ聞ザリシ所ナリ。

このように類型性が見られる背景には、海龍王経などの仏典の表現の影響があろう。

異境を訪れる人間は、偶然そこに足を踏み入れるのではなくて、特別の資質を具えて、異境から選ばれた存在であった。太平記巻第十五によれば、俵藤太こと藤原秀郷(1)が龍宮に招かれたのは、人にぬきんでた剛胆ゆえであったと語られる。藤太は、勢多の橋の上に横たわる大蛇の背を怖れることなく踏んで通った。その後、怪しげな小男が現れて、年来の自分の敵を討って欲しいと助力を乞う。秀郷は、琵琶湖の中の龍宮城に案内され、そこに攻め寄せてきた百足を弓矢で倒し、後に三井寺に施入されることになる鐘、武具など多くの宝物を与えられて帰還する。

無限の富を蔵する世界、それが龍宮であった。そのような龍宮は、法華経提婆達多品第十二、娑竭羅《しゃかつら》龍王の娘が三千大千世界にも値するという如意宝珠を釈迦に捧げることからも知られるように、比類のない宝物があると考えられていた。したがって、秀郷が、その呼称「田原」ともかかわるところの、中に納めた物の尽きることのない「俵」を龍から得たと語られているのも自然のことといえよう。

藤原秀郷の龍助力譚は諸資料に載り、類話も多い。たとえば古事談巻第五（三十四）には、助力する武人を粟津冠者と語る。ただし、そこでは龍に敵対するのは大蛇である。

俵藤太龍宮訪問譚遡源

類話のいま一つは、今昔物語集巻第二十六第九「加賀国の蛇と蜈《むかで》と諍《あらそ》ふ島に行きたる人、蛇を助けて島に住む語」で、英雄が龍宮に赴き異類を助ける説話の古いかたちを示すもののようである。霊蛇に助力するのは加賀国の漁師たちで、不思議な風に引き寄せられて上陸した島で、沖の島から攻め寄せて来る百足を退治するのである。その島は無人であって、蛇の勧めにより漁師たちは家族を引き連れて島に渡り、そこに住みついたという。島の主の本体は蛇とされているが、霊力をそなえた存在であることは、人の姿になることができ、風を支配する力を持つところに明らかである。ではこの大蛇の霊力の中核となっているものは何であろうか。それは、人間に富をもたらすところにあろう。その島には滝があり、大蛇は「田可作《つくるべき》所多カリ」と言って、漁師たちに、後に猫ノ島と呼ばれることになるその島への移住を勧める。この言葉から推し量れるように、この蛇は水神であったとみてよい。水神とはつまり龍神ということになるが、中国的な龍の観念あるいは「龍」という文字やその観念が日本に持ち込まれる以前の古い農耕神の姿を留めているのではなかろうか。

それは、秀郷が龍宮から持ち帰った俵とも通う。俵は通常稲藁で編まれ、またその中に入れるものといえば、一般的には穀物であろう。御伽草子の俵藤太物語(2)には、その俵から「よねを取りいだすに、是もつゐにつきせず」と明瞭に記す。加賀の島に住みついた者たちも、秀郷も等しく水神（龍神）の霊力を分かち与えられ、その保護を受け続けることになったとみてよい。

龍の危難を救ってやり龍宮に招かれ、宝物を得て帰る説話といえば、前に挙げた今昔物語集巻第十六第十五「観音に仕る人、竜宮に行きて富を得る語」もそうであった。この説話の主人公は、小蛇実は龍王の姫を助けるという慈悲の行いによって龍宮に招かれ歓待され、打ち欠いても打ち欠いても減ることのない金の塊を得て帰って来た。これに酷似する説話が、諸経要集巻第六受斎部および法苑珠林巻第九十一受斎篇第八十九に載る。[3]今昔物語集は、これを源流とし日本に舞台を移して翻案した伝承を拾い上げたとみてよい。

宿敵と争う龍に助力し、その恩に報いられる説話は中国にもあった。捜神後記巻第十に載るもので、海の近くの山中の小屋に猟師が泊まっているところへ、黄衣白帯を着けた長身の人が訪れる。それは実は白蛇で、明日黄蛇と戦うことになっていると告げ、助けを求める。翌日大蛇同士が激しく争うのを見て、猟師は黄蛇の方を弓矢で倒した。白蛇は一年間多くの獲物を約束し、その通りとなって、猟師は富を得るが、二年目以降はここに来てはいけないという戒めを破ったために命を落とすこととなった。なお、これは法苑珠林巻第六十四に「続捜神記」として引用されている。

類話が今昔物語集巻第十第三十八「海の中にして二つの竜戦ひ、猟師一つの竜を射殺して玉を得る語」として載る。相争うのは青と赤の龍であって、猟師は青龍に味方して、赤龍を弓で射る。猟師は青龍から玉を得て、大いに富み栄えたとされる。今昔物語集の説話が右の捜神後記に淵源することは疑いないが、直接依拠したとは認められない。この事例が単純に中国の文献から日本の文献への引用、あるいは机上の翻案という関係とも見なしがたいことは、日本における類話が多種にわたることから推し量ることができよう。

三　龍蛇報恩と始祖伝承

始祖伝承

如上の龍蛇報恩譚に対して、今昔物語集巻第二十六第九の猫ノ島説話および俵藤太説話がともに始祖伝承としての要素を具えていることに注目したい。

今昔物語集の語るところによれば、霊蛇に勧められて七人の漁師とその家族は、猫ノ島に移住して田畑を耕作することとなった。以後人間も増えて繁栄しているという。島の人々は、年に一度加賀国に渡ってひそかに熊田の宮の祭を行っているとされ、本土との関係を絶ったわけではないが、このことのほかは没交渉で、漂着者にも島への上陸を許すことなく、このような島のあることを知られないようにしているという。つまり、この説話は猫ノ島という、日本国の支配に組み入れられていない小さな共同体の創成を語る一種の神話であって、その島からたまたま持ち出されたということになる。ただし、正確には、小さな島ながら多くの家並みと「京ノ様ニ小路」さえ具えて豊かで平和な小世界に対する、こちら側の日本本土からする憧憬が生み出し支えた理想郷物語にほかならない。

太平記の俵藤太説話にも創始を物語る要素のあることは、龍神が、「太刀一振・巻絹一・鎧一領・頸結タル俵一・赤銅ノ撞鐘一口」を与えるとともに、「御辺ノ門葉ニ、必将軍ニナル人多カルベシ」と予言したところに認められる。龍神の与えた太刀と鎧こそは、武家の統領たる家のレガリアである。

したがって、秀郷を祖先と戴く武門にとって、その龍宮訪問譚、龍神報恩譚は、家の社会的使命を自ら確認し、その権威を外に向けて宣言するための、いわば神話であった。この説話は日光山縁起など、北関東を舞台とする伝承となった。秀郷を祖先と仰ぐ豪族たちが、自らの家の歴史を権威づけるべく持ち込みあるいは受け継いだためである。(4)

このように龍蛇報恩譚で始祖伝承的側面を持つ説話として注目されるのは、今昔物語集巻第三第十一「釈種、龍王の聟と成る語」である。亡国の憂き目に遭った釈種（釈迦族）の若者が龍王の娘に誘われて龍宮に赴き、龍女と夫婦になり、龍王の支援を得て地上に戻って王国を建てる物語である。そして、初代国王（釈種）と王妃（龍女）のある行為が原因で、その間に生まれた子とその子孫は皆「頭を病む」と語られ、始祖伝承としての特徴を具えている。大唐西域記巻第三烏仗那国条を源流とするが、そこには、釈迦族の王と龍女の間に生まれた子が王位を継いだと記し、始祖伝承としての性格はいっそう顕著である。

高麗史「世系」の作帝建

こうした観点に立つとき、龍宮訪問、龍神救難、龍神報恩の説話を王朝の起源に結びつけた、高麗史「世系」所引「金寛毅編年通録」（参考資料として、類似する三国遺事とともに本節の末尾に読み下し文を掲げる）における作帝建の物語は注目される。(5)

1、唐の粛宗皇帝を父に、辰義を母として生まれた作帝建は、十六歳になると母から父の遺した弓を与えられ、弓の名手となった。
2、作帝建は父に会うため、商船の便を得て海を渡るが、途中雲霧にとざされて船が進まなくなった。占いの結果、高麗人を下船させることとなり、作帝建はみずから船を飛び降りたところ、そこには岩があった。すると、霧が晴れてよい風を受けて船は進み、去った。
3、老翁が現れ、西海の龍王と名乗り、日暮れごとに老狐が来ては熾盛光如来《しじょうこうにょらい》の姿となって臃腫経《ようしゅ》を読むと、自分は激しい頭痛に苦しめられる、弓で射て災いを取り除いて欲しいと訴える。作帝建は承知した。
4、空中の楽の音とともに現れたものを、作帝建は真仏かと思って射なかった。老翁があれこそ老狐であると教えたので、射落とした。はたして狐であった。
5、老翁は作帝建を宮に招き入れ、子孫が東土の王となるであろうと教えた。
6、老嫗がいて、なぜ龍王の娘を娶らないかと言ったので、作帝建が老翁に請うと、長女翥旻義《しょびんぎ》をめあわせた。
7、作帝建は、妻の示唆により龍王から宝物を得た。
8、作帝建は松嶽の南麓に邸を構えた。
9、妻は井を掘ってそこから西海の龍宮に往還していたが、その姿を作帝建に見てはならないと言った。

10、ある日、作帝建が覗いて見ると、妻は井に入り黄龍となって雲を起こした。

11、妻は帰ってきて、約束が守られなかったのでここに留まることはできないと言って、井に入り、去って再び帰ることはなかった。

作帝建は高麗王朝の世祖とされる龍建の父である。参考のために金寛毅編年通録によって系譜を作成した。

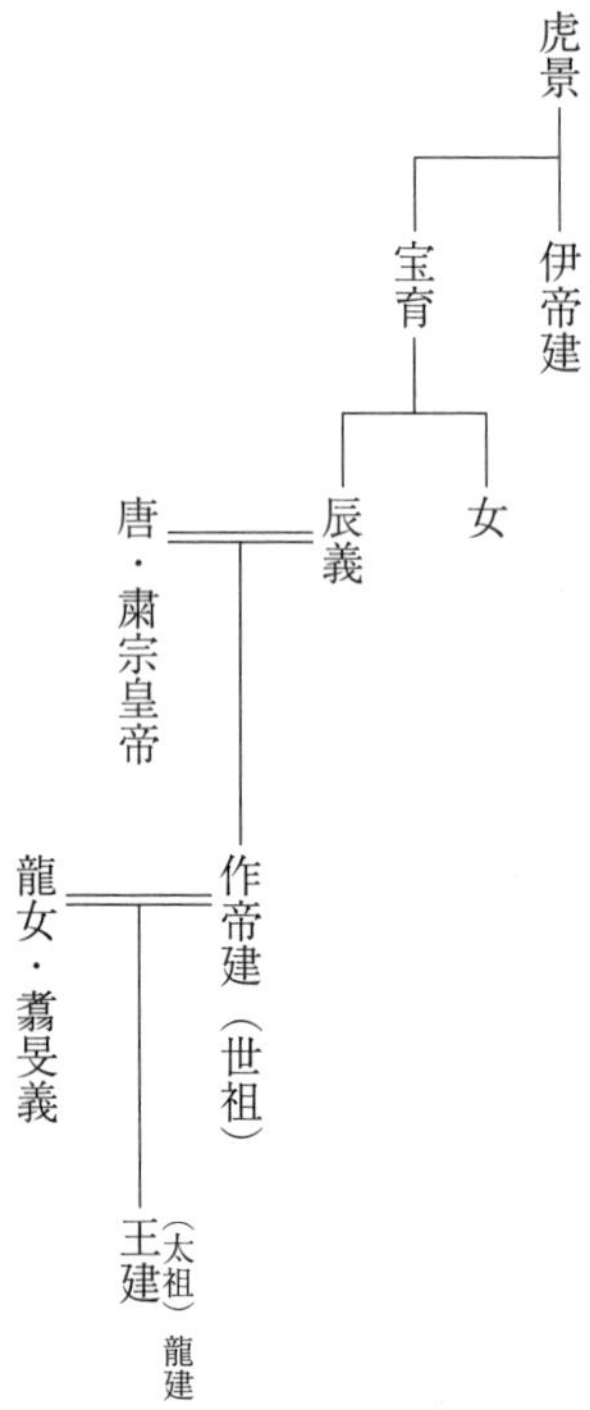

右に掲げた伝承は、前半の妖狐退治譚と、後半の龍女婚姻譚とから成り、前半が中国における闘争する二龍の一方に味方する説話と類似し、特に日本における百足と闘争する龍蛇に助力する勇士の物

語と深い関連を持つことは一目瞭然である。龍王が天候を左右して、船の航行を支配し、勇士を招き寄せる設定は、とりわけ今昔物語集巻第二十六第九に類似する。このように中国、韓国、日本に類似する説話が伝わるところから、仇敵と争う龍蛇を弓の名手が助ける説話が、東アジア地域にかつて広く分布していたのではないかと考えられる。

そして、龍女が約束を守らなかった夫にその本体を見られたために、夫のもとを去るという展開は、日本に多く見られる神婚譚、異類婚姻譚と相違するところはない。わずか一つの資料に過ぎないが、東アジアの伝承世界を展望するための手がかりになるであろう。

四　東アジアの基盤的伝承

古代浦島伝承

室町期に入って龍宮訪問譚となった日本の浦島説話は、日本書紀巻第十四雄略天皇二十二年条および丹後国風土記逸文などの古代文献には蓬萊訪問譚として語られていた。仙境訪問譚であるかぎり、始祖伝承としての要素を持たないのは当然といえようが、しかし、丹後国風土記は筒川嶼子《しまこ》いわゆる浦嶼子の子孫に言及して前置きとする。

与謝《よさ》の郡、日置の里。此の里に筒川の村あり。此《ここ》の人夫《たみ》、日下部首《くさかべのおびと》等が先祖の名を筒川の嶼子《しまこ》と云ひき。（中略）斯《こ》は謂《い》はゆる水の江の浦嶼子といふ者なり。

丹後国風土記本文には浦島に子のあったことは語られない。蓬萊訪問以前に故郷に妻子を残し留めてあったと合理的に説明すればすむことかもしれない。しかし、この説話が、海の彼方の異境の神女との婚姻のみならず、神女との間に子を成したという要素を元来有していたことを示唆しないであろうか。

この見通しに基づくならば、万葉集巻第九「詠水江浦嶋子一首幷短歌」に詠まれた浦島説話は、訪問する異境をワタツミとするところ、道教および神仙思想の投影する以前の伝承と見なすこともできる。

海界《うなさか》を　過ぎて漕ぎ行くに　わたつみの　神の娘子《をとめ》に　たまさかに　い漕ぎ向ひ　相誂《あと》らひ　言《こと》成りしかば　かき結び　常世《とこよ》に至り　わたつみの　神の宮の　内の隔《へ》の　妙なる殿に　携はり　二人入り居て

つまり万葉集の浦島の長歌は、海の彼方の異境ワタツミに行き、そこの姫と結ばれ、また帰還するという古伝承を基盤として詠まれたと見なすこともできなくはない。万葉集ではワタツミはトコヨとも呼び変えられる。トコヨとは古代日本人が海の彼方に想い描く永遠不変の理想世界であって、中国の神仙境と類似する。もちろん、万葉集の浦島を詠んだ歌の内容を、そのまま神仙思想導入以前の浦島説話と見なしうるような単純な関係にはない。異境に流れる時間の速さと現世を流れる時間の速さが異なる、すなわち異境は無時間である、あるいは異境の時間は永遠に循環するという観念は、中国思想（神仙思想）からの摂取と考えるべきであろう。

平安・鎌倉期の漢文伝および歌学書の浦島説話における異境は、蓬莱として語られる。これが龍宮に変わるのは室町期の御伽草子である。(6) この変化は、浦島と亀（神女あるいは龍女の化身）との出会いを恋愛から放生報恩へと転換したことと呼応する。背景に仏家の関与が想定されるが、蓬莱とワタツミと龍宮とは性格を共有していたからである。

海幸彦・山幸彦神話

ワタツミ訪問譚といえば、古事記と日本書紀に記される海幸彦・山幸彦の神話もそうであった。兄から借り受けた釣針を失った山幸彦（アマツヒタカヒコホホデミノミコトまたはホヲリノミコト）は、それを求めてワタツミの国に赴く。山幸彦は、ワタツミの国のトヨタマビメを娶り、釣針のほか、水の力を制御できる珠を持ち帰り、それによって兄を従え、天つ神の子としての地位を確立し、その子孫が天下を統治することになる。すなわち、山幸彦と豊玉姫との間に生まれたアマツヒタカヒコナギサタケウカヤフキアヘズノミコト（記）が、叔母玉依姫を妻とし、生まれた四人の男子の末子が神武天皇として即位する。天孫と海神との間に生を受けたことによって、聖なる子であると認められたのである。

すでに明らかであろう、高麗の作帝建説話は海幸・山幸神話に酷似する。記紀の海幸・山幸の伝承は、聖なる子の誕生を語るものであるが、同時に異類婚姻の物語で、人間と異界の女との結婚がついには破綻に至るという、日本の伝承の定型に沿っていることも注意される。同じく異類婚姻譚、同じく始祖伝承でありながら、そのような結末を伴わない大唐西域記烏仗那国建国譚との相違に、東アジアのワタツミ（龍宮）訪問譚の特徴がよく示されていよう。夫婦の間の約束を夫が守らなかったために妻が去るという展開は、妻が異境の者すなわち人間を超えた存在であり、それゆえその生み置いた子は聖性をそなえ、偉大な事業を成し遂げる資質を具えているというのである。

作帝建説話の存在は、海神世界訪問と龍女婚姻とが結びついた説話が、基盤的伝承として東アジアに存在していたことを示すものである。

五　付・ワタツミとワニをめぐる古代的映像

ワタツミノ宮はどこにあるか

なお、古事記と日本書紀の海幸彦・山幸彦神話におけるワタツミをめぐる表現に関して付け加えておきたい。

ホヲリノミコト（ヒコホホデミノミコト）がシホツチノ神の教えにより、ワタツミノ宮に赴くところはつぎのように記述される。

［記］即ち無間勝間《まなしかつま》の小船を造り、其の船に載せて、（中略）「（中略）味《うま》し御路《みち》有らむ。乃ち其の

道に乗りて往かば、魚鱗《いろこ》の如く造れる宮室《みや》、其れ綿津見の神の宮ぞ。（中略）」といひき。
（中略）備《つぶ》さに其の言の如し。

［紀］乃ち無目籠《まなしかたま》を作りて、彦火火出見尊を籠の中に内《い》れて、海に沈む。即ち自然に可怜小汀《うましをはま》有り。（中略）忽ちに海神の宮に至りたまふ。（紀本文）

右によれば、古事記では海の上の路を船で進みワタツミの宮に着く。これに対して、日本書紀ではヒコホホデミノミコトの入った籠は海に沈められるから、ワタツミの宮は海底にあると設定されていることになる。この設定は、豊玉姫が出産に当たり、もとの姿になるという場面の描写とも対応している。

［記］窃《ひそ》かに其の方に産《まさ》まむとするを伺へば、八尋わにと化《な》りて、匍匐《はらば》ひ委蛇《もごよ》ひき。

［紀］豊玉姫、方に産むときに龍に化為《な》りぬ。（紀本文）

出産に際しての豊玉姫の姿は、紀一書にもそれぞれ「八尋の大熊鰐」（第二）、「八尋大鰐」（第三）とあり、ワニとするのが古態であったと見なされる。これを紀本文に「龍」と記述したのは翻訳というべきであろう。海神が龍であれば、ワタツミノ宮は龍宮と見なされたことになる。また、豊玉姫出産の姿を表現する記及び紀一書第一における「匍匐委蛇」（「虵」は「蛇」の異体字）の「委虵」は「透迤」とも表記し、「蟠屈透迤状等龍蛇之跡」（広弘明集巻第十七　大正新修大蔵経巻第五十二・二一九頁）のごとく腹ばい屈み曲がりうねる様を言うから、古代人はワニを蛇体として思い描くこともあったことが知られる。

ワニの映像

杉山和也[7]は、古代から中世までの文献により日本のワニ認識を検討しているが、古代については魚類の形状で捉えられていたと説く。ただし、日本書紀一書に用いられる「鰐」字については、杉山が資料として用いなかった和名類聚抄に、「鰐 麻果切韻云、鰐〔音萼、和名和仁〕似鱉有四足、喙長三尺甚利歯、虎及大鹿渡水、鰐撃之皆中断」と説明する通り、必ずしも魚の形状ではない。もとより神話世界あるいは伝承世界の存在であって、実在する生き物ではないのだから、時代により、地域により、集団により、人により一定せず多様であったとするのが穏当であろう。むしろ、ワニを龍と翻訳するところからも、逆に古代人のワニ映像を推し量るべきである。なお、言うまでもないが「鰐」字の採用も和語「ワニ」の翻訳にほかならない。これに近いものを漢語に求めたとき、「龍」がたぐり寄せられるのは自然であろう。中国においても、仏典においても龍は水底に棲息する存在であった[8]。

こうしてワタツミの神の娘がワニであり、ワニが龍と捉えられるのであれば、ワタツミの宮は龍宮と見なされることもあったであろう。このことは、浦島説話の異境が古代においてはあるいは蓬萊であり、あるいはワタツミの宮であり、あるいはトコヨであり、室町時代には龍宮に変化することと並行の関係にある。

注

（1）日本古典文学大系（岩波書店　一九六一年）による。底本は慶長八年古活字本。秀郷の百足退治譚については、荒木博之「伝承のダイナミズム――俵藤太伝説形成の周辺――」（説話・伝承学会編『説話と歴史』桜楓社　一九八五年）が包括的に論じている。

（2）新日本古典文学大系『室町物語集　下』（岩波書店　一九九二年）による。また、この本には「思ふまゝの食物わき出ける」「赤銅のなべ」も贈られたと語る。なお、食物無尽蔵の鍋は、今昔物語集巻第六第六に、玄奘三蔵が天竺の戒日王より贈られたが、後に信度河の龍神に乞い取られたとされる。類話が続日本紀巻第一文武四年三月条の道昭伝に見える。笠井昌昭『信貴山縁起絵巻の研究』（平楽寺書店　一九七一年）は、こうした鍋を穀霊の象徴と解している。水神（龍神）の霊力をあらわす呪具であることは明白であろう。

（3）出典は摩訶僧祇律巻第三十二。なお、法苑珠林所引の文章は太平広記巻第四二〇龍三「倶名国」に引用されている。

（4）柳田國男「神を助けた話」（『定本柳田國男集　第十二巻』筑摩書房　一九八二年）参照。

（5）高麗史および三国遺事に類話のあることは、新潮日本古典集成『今昔物語集　本朝世俗部　二』（新潮社　一九七九年）「付録」に、「類話とするにはやや疎い」としながら指摘がなされている。本節の発表時には見落としていた。

（6）浦島伝承における蓬莱から龍宮への変化は、本書第四章２「龍宮乙姫考――御伽草子『浦島』とその基盤――」を参照されたい。

（7）杉山和也「日本に於ける鰐（ワニ）の認識」（『説話文学研究』第四六号　二〇一一年七月）。

（8）この問題については、本書第四章2「龍宮乙姫考――御伽草子『浦島』とその基盤――」にも述べている。

【参考資料】

高麗史　世系所引「編年通録」読み下し

作帝建幼くして聡睿神勇なり。（中略）年十六にして、母与ふるに父の遺す所の弓矢を以てす。作帝建大きに悦びて之を射るに百発百中す。世に神弓と謂ふ。是に於いて父に覲《まみ》えんと欲し、商船に寄り行きて海中に至る。雲霧晦瞑《くら》くして舟行かざること三日。舟中の人卜ひて曰はく、宜しく高麗人を去《のぞ》くべしと。（中略）作帝建弓矢を執り、自ら海に投ず。下に巌石有りて其の上に立つ。霧開け風利《よろ》し、船の去《ゆ》くこと飛ぶが如し。俄かに一《ひとり》の老翁あり、拝して曰はく、我は是西海の龍王なり、日晡《ひぐれ》毎に老狐有りて、熾盛光《しじやうくわう》如来像と作《な》り、（中略）臃腫《ようしゅ》経を読めば、則ち我が頭痛きこと甚だし、聞くならく、郎君善く射ると、願はくは我が害を除け、と。作帝建許諾す。（閔漬《びんし》編年に或いは云はく、作帝建、巌の辺りにして一つの径《こみち》有るを見る。其の径より行くこと一里許《ばかり》にして、又一巌有り。巌の上に復た一つの殿有り。門戸洞開きたり、中に金字写経の処有り。就きて之を視るに、筆点猶ほ湿《ぬ》れたり。四顧すれども人無し。作帝建其の坐に就きて筆を操り経を写す。女有りて忽ちに来たり前《すす》みて立つ。作帝建謂《おも》へらく、是れ観音の身を現せるかと。驚きて起ちて坐を下り、方《まさ》に拝礼せむとするに、忽ちに見えず。還りて坐に就き経を写す。良久《やや》しくありて其の女復た見《あら》はれて言はく、我は是龍女なり、載《とし》を累《かさ》ねて経を写せり、今猶ほ未だ就《を》へず。幸ひに郎君善く写し、又能く善く射る、君を留めむと欲す、吾が功徳を助けよ、又吾が家の難を除かんと欲す、其の難は則ち七日を待ちて知るべし、と。」期《とき》に及びて、空中に楽の音を聞く。果して西北より来る者有り。作帝建、是れ真仏ならんかと疑へば、敢へて射ず。翁復た来りて曰はく、正しく是れ老狐なり、願はくは復た疑ふことなかれと。作帝建弓を撫《と》り箭《や》を撚《よ》りて、候《うかが》ひて之を射るに、弦に応へて墜つ。果して老狐也。翁大きに喜びて宮に迎へ入れ、謝して曰はく、郎君に頼《よ》り吾が患ひ已に除かる、大徳に報いむと欲《おも》ふ、（中略）と。坐の後に一老嫗有り、戯れて曰はく、何ぞ其の女を娶らざると。作帝建乃ち悟りて、之を請ふ。翁長女翥旻義《しよびんぎ》を以て之に妻《めあは》す。（中略）龍女曰はく、父に楊杖と豚と有り、七宝に勝る、盍《いづ》くんぞ之を請《こ》はざると。（中略）龍女嘗て松嶽新第の寝室の窓外にして、井を鑿《ほ》りて井中より西海の龍宮に往還す。（中略）常に作帝建と約して曰はく、吾龍宮に返る時、慎《ゆめ》見るなかれ、否《しか》ずんば則ち復《ま》たとは来じと。一日作帝建密かに之を伺ふに、龍女、少女と井に入り、倶《とも》に黄龍と化為《な》りて、五色の雲を興す。之を異《あや》しめども敢へて言はず。龍女還りて怒りて曰はく、夫婦の道は信を守りて貴しと為す。今既に約に背《そむ》けり、我此《こ》こに居るあたはずと。遂に少女と復た龍と化り井に入り、復た還らず。（中略）龍女は元昌王后たり、元昌四男を生む。長を龍建と曰ふ。

三国遺事　紀異第二　真聖女大王　居陀知

（新羅の遺唐使船が鵠島に停泊したとき、嵐のために出帆できなかった。占いによって、弓の名手・居陀知を島に留めた。）

便ち風忽ちに起こり、舡《ふね》進みて滞ること無し。居陀愁へて島嶼に立てり。忽ちに老人有り、池より出でて謂ひて曰はく、我は是西の海若なり。毎《つね》に一沙弥、日出づる時に天より降る。陀羅尼を誦して此の池を三繞す。我が夫婦子孫皆水上に浮かぶ。沙弥、吾が子孫の肝腸を取り、之を食らひ尽くす。唯吾夫婦と一女のみ存す。来る朝又必ず来む。請ふ、君之を射よ、と。居陀曰く、弓矢の事吾が長《た》けたる所なり。命を聞かむ、と。老人之に謝して没せり。居陀隠れ伏して待つ。明日扶桑既に暾《あさひさ》せり。沙弥果たして来る。呪を誦すること前の如し。老龍の肝を取らんと欲す。時に居陀之を射る。沙弥に中《あた》る。即ち老狐に変じ、地に堕ちて斃《たふ》る。是において老人出でて謝して曰はく、公の賜《めぐ》みを受けて、我が性命を全くす、女子を以て之に妻《めあは》せむ、と。居陀曰はく、賜はらば遺《わす》れじ、固《もと》より願ふ所也、と。老人其の女を以て一枝の花に変作し、之を懐中に納めしむ。仍りて二龍に命じて居陀を捧げ使ひの舡を趁《お》ひ及び、仍りて其の舡を護り、唐の境に入れり。

2　龍宮乙姫考――御伽草子『浦島』とその基盤――

一　はじめに

浦島の物語は千年を超えて伝えられてきた。明治以来の国定教科書、戦後の国語教科書に載録され、児童読み物として刊行されたり、あるいは文部省唱歌として歌われてきたこともあって、今日でも広く親しまれている物語の一つであろう。

浦島太郎は助けてやった亀にいざなわれて龍宮城の乙姫に歓待されるというのが、現在の決まった語り方となっているけれども、古くはそうではなかった。丹後国風土記（逸文）では、浦島は蓬莱に行き神女（「亀媛」と呼ばれる）と契る。万葉集によれば、浦島が赴く異境はトコヨ（常世）ともワタツミ（海若）とも呼ばれ、カミノヲトメ（神女）と遇うのである。また浦島子伝、続浦島子伝記等の漢文伝の系統では、「神女」と出会い「蓬萊」に赴いたと記述されている。

常世とは、古代日本人が海の彼方に思い描いた理想的な異境、永遠不変の世界であり、蓬萊とは中国に学んだ不老不死の理想世界であって、相似る二つは、相互に置換可能な舞台であったことが知られる。御伽草子に至る浦島伝承の展開を跡づけた林晃平[1]によれば、散逸した伝のあったことが想定されるものの、平安時代から南北朝にかけての歌学書や源氏物語注釈書などに記載される浦島伝承も、日本書紀、丹後国風土記、万葉集、浦島子伝、続浦島子伝記などの限られた文献に基づいており、したがって、蓬萊あるいは常世の神女ないし仙女と契るという設定は変わらない。中世までの諸資料を通覧すれば、舞台が龍宮に変化し、そこに住む美女が乙姫と称されるようになるのは、おおむね御伽草子以後と認められる。そして、龍宮という場所と乙姫という呼称は一具不可分であって、乙姫の称は、浦島の訪れる世界が龍宮と設定されることによって生まれたのではないかと見通される。とすれば、そのことにはどのような背景があったのであろうか[2]。

二　娑竭羅龍王の乙姫

御伽草子『浦島』諸本の本文

龍宮という舞台と乙姫の呼称とが御伽草子において定着したといっても、伝本によって様相は異なる。乙姫という呼称をもたない本もあれば、異境が蓬萊と呼ばれることもあり、龍宮と呼ばれることもあり、二つの呼称を併存させるものもある。いま、松本隆信「増訂　室町時代物語類現存本簡明目録」(奈良絵本国際研究会議編『御伽草子の世界』三省堂　一九八二年[3])の分類に従って、各系統の本文を摘記して異同を観察してみる。

㈠ほうらいのふね／りうくう／はや〳〵ふねを、いそきたまへは、をとひめはうちふし、なきしか／姫君／女はう（日本民藝館蔵室町後期古絵巻）

㈡りうくうしやうと／みつからは、きのふ、ゐしまかいそにて、つられまいらせし、かめにて候か（日本民藝館蔵室町末期絵巻）

㈢われはこれ、かのをとひめに、いさなはれ、ほうらいへゆき（高安六郎博士蔵奈良絵本）

㈣われはいつそや、うらしま殿に、いのちを、たすけられし、かめのゆくすゐ（中略）さて又かめは、なんかいの、あるしにてまします、しやからりうわうの、御むすめ、ほつくゐしやうの、しやうたうを、とけたまひし、八さいの、りうによには、大に（「第二」か）のいもふとにこそ、おはしますか、あまりに、八さいのりうによにて、おはしますか、あまりに、いのちの御（「恩」か）の、うれしさに（古梓堂文庫旧蔵本）

㈤(イ)みつからはこのりうくうのおとひめにて候か、亀のすかたに身をへんし、海上にあそひしに（東大南葵文庫本、禿氏祐祥氏蔵本）

(ロ)みづからは。このりうぐうじやうのかめにて候が。（御伽文庫本）

松本隆信[3]によれば、㈠日本民藝館蔵古絵巻の叙述は簡略、㈢高安本は詳細という違いはあるものの、他本にない共通の要素を持ち、祖本を共通にする伝本であろうという。とりわけ、御伽草子以前の伝承と同じくともに異境が蓬莱と呼ばれるのは、両本の関係の深いことを、しかも古態を残していることを示しているであろう。なお、㈠には同時に龍宮の称も見え、それが時代の下る本に定着していく様相は、室町期以後そしておそらくは御伽草子『浦島』流伝のなかで、異境を龍宮とする語り方が成立したことを示唆する。(4) また、御伽文庫本を含む㈤㈺刊本系統と㈤㈦禿氏本との本文は相近いけれども、大きな差異もいくつかある。これも松本によれば、それらはいずれも禿氏本の方が整っているから、刊本系統の本は、禿氏本のような本文をもとに省略して成立したのであろうという。乙姫の呼称の有無もその一つとみられる。ただし、それが単純な脱落にすぎないか、意図的な省略であるかは容易に決しがたい。もし後者であるとすれば、乙姫の称がさして重要とみなされなくなっていたとか、その意味するところが理解されにくくなっていたとかいう事情も想定される。

乙姫は龍王の末娘

改めていえば、乙姫とは末の娘の謂である。このことに注目して、三浦佑之(5)によって、次のような見解が提出されている。

姉に対する妹は、神話や説話においては、いつも美人でやさしく、幸運を得る側の存在であり、昔話においては、それが徹底的に様式化されて描かれてゆくことになる。従って、この物語の女主人公が「おとひめ」という名前をもつところには、浦島太郎の性格設定と同じく、伝承におけるパターン化の問題が関与しているはずである。

右は伝承文学一般の性格として誤っていない。『浦島』と同時代の物語や語りものにも乙姫の名をもつ女主人公はたしかに多い。神道集巻第十「諏方縁起」の甲賀三郎が契る地底世界の維摩姫は乙姫であり、御伽草子『あめわかみこ』、説経の「をぐり」「しんとく丸」の女主人公たちも、いずれも「乙の姫」として登場し、あるいは「乙姫」と呼ばれている。したがって、『浦島』の乙姫もありふれた設定であり、ありふれた呼称ということになる。しかし、『浦島』の場合、乙姫は幸いを得る女主人公ではない。三浦の解釈は、問題を伝承物語の一般性に解消したにとどまり、御伽草子の『浦島』に即した説明とはなっていない。

御伽草子『浦島』の「をとひめ」に「竜宮に住むという少女の称呼」という注(6)が付けられてしまうほど、現代の享受者にとって、龍宮と乙姫とはほとんど分かちがたく結びついている。それは、中世の享受者にとっても同様であったらしい。たとえば、明らかに浦島伝承を下敷きにして、異類婚姻、異界訪問譚の型をそなえる『月王・乙姫物語』(仮題、『未刊国文資料』収)、主人公月王の契る相手が龍王の娘乙姫とされ、月王は乙姫に誘われて龍宮に行くという設定をもつ例があるからである。ただし、この場合は『浦島』にならったにすぎないとも見なされよう。

そこで、ふたたび『浦島』の本文に戻れば、㈣古梓堂文庫旧蔵本が目を惹く。ただ、それには単純でない本文の乱れが認められる。目移りによる衍字とみなされる傍線部分は、前の本文と完全には合致しないから、単純な書写の誤りにすぎないのかどうか。また龍女の言葉でありながら、自身に関して「御むすめ」「おはします」などの尊敬語が用いられているのも不審である。憶測すれば、親本の画中に書き込まれていた、乙姫以外の者（たとえば侍女など）の科白を本文化する際に、その処理に不手際があったのではないか。もし、もともと作成される本ごとに書き入れも省略も自由な画中の科白であったとすれば、乙姫＝龍王の末娘という理解は、流動的な物語享受の一局面すなわち古梓堂文庫旧蔵本一本ないしその親本のみの特殊な解釈にすぎないかもしれない。とすれば、秋谷治[7]の次のような見解が提出されるのも当然ということになろう。

大東急本の説明は、「浦島太郎」における理想境＝龍宮を合理化するものであったが、その背景に、こうした怪婚譚の世界があったのである。しかし、亀である女と龍女の妹という矛盾は否めず、大東急本は破綻を生じている。

たしかに亀と龍とは別の動物である、という水準でならば、秋谷の言うように大東急記念文庫本（正しくは古梓堂文庫旧蔵本）には破綻がある。しかし、亀と龍とはまったく無縁な生き物なのであろうか、亀であり龍でもあることが、矛盾とか破綻とか評せられなければならないかどうか。我々の目に単純な合理化と映るものの背景に、今少し注意を払うべきではないか。

この問題は後にやや詳しく検討するとして、当面、㈡日本民藝館蔵室町末期絵巻の絵の一場面[8]（口絵写真参照）に注目しておけば十分であろう。それは、浦島が龍宮で歓待されるところで、浦島と並んで座る姫の背中あたりから後ろへくねった、細長い格子文様のものがあり、衣装と見えないこともないが、身体の一部と見るべきであろう。とすれば、鱗をそなえた蛇体であろう。また、姫の下半身左脇からは、亀甲文様のものがのぞいている。これらは衣装でも身体の一部でもよいのだが、姫が亀であり龍蛇でもあることの表現にほかならなかった。このように、㈡日本民藝館蔵室町末期絵巻と㈣古梓堂文庫旧蔵本とは、本文上の関係は疎くても、いわゆる乙姫が龍女にして亀女であるという共通理解にたっていることが知られる。なお、同じ場面、酒を注ごうとしている侍女——その姿態は亀を思わせる——の下半身に、亀甲文が描かれているのは、それが龍女の眷属としての亀であることを示しているのであろう。

また、娑竭羅龍王の娘、龍女の妹という設定が法華経に基づくことは、浅見徹[9]が、

大東急記念文庫蔵絵巻『浦島太郎』は、この女を、娑竭羅龍王の娘、竜女の妹と格付けることとなる。まさに、『法華経』によって広められた知識の上にのることであった。（中略）が、そこに妹がいたという話も、まして、それが亀だったという話もない。

と指摘する通りである。

娑竭羅龍王女、年始八歳、（中略）爾時龍女　有二一宝珠一、價直三千大千世界、持以上レ仏、（中略）
龍女、忽然之間、変二成男子一、具二菩薩行一、即往二南方無垢世界一、坐二宝蓮華一、成二等正覚一
（法華経　提婆達多品）

この、娑竭羅龍王の八歳の娘が釈尊に如意宝珠を捧げ、男子に変成し成仏する物語は広く知られてい

た。ただし、先に引用した浅見説の後半の一部は、すでに修正されている。林晃平[10]が、後に掲げる法華経直談鈔をもって、娑竭羅龍王に三人の娘があると考えられていたことを示しながら、「亀が自らの住栖として案内したのは蓬萊山であったが、その亀はどういうわけか法華経の中の龍女の妹分なのであった」と指摘する。こうして、古梓堂文庫旧蔵本の叙述には十分な根拠があったというべきである。というより、古梓堂文庫旧蔵本は異境の娘が乙姫と呼ばれる背景を説明していたのであった。浦島の訪れるのが龍宮であれば、歓待するのは龍王の娘でなければならないし、浦島を招くのが（龍王の）末娘であれば、そこは龍宮にほかならない。すなわち龍宮と乙姫とは一具不可分である。そして、そのことよりも重要であるのは、乙姫をことさらに娑竭羅龍王の末娘と説明しない本が多いという事実である。中世人は、そうした説明を要しないほど龍宮の乙姫の名に親しんでいたということではあるまいか。

三　厳島の姫神

伝承世界の乙姫たち

御伽草子が異境を龍宮とし、女を龍王の乙姫と設定した背景に中世の法華経解釈のあったことは明白であるとして、『浦島』と法華経とを結び付けたもの、ないし結合を捉したものはなかったであろうか。じつは、龍宮の乙姫と聞けば、中世人の脳裏にはある明瞭な映像が喚起されたに違いないのである。

龍王の娘の一人は、安芸の厳島明神であった。龍女の妹としての厳島明神のことについては、田中貴子(11)が、記紀神話と法華経信仰との結合に注意を払いながら、『厳島の本地』を中心に検討している。そこに示された資料に新たな資料を加えて次に掲げる。

①コノイツクシマト云フハ龍王ノムスメナリト申ツタヘリ。（愚管抄巻第五）

②厳島大明神と申は、旅の神にまします。仏法興行のあるじ、慈悲第一の明神なり。娑竭羅龍王の娘、八歳の童女には妹、神宮皇后にも妹、淀姫には姉なり。（長門本平家物語巻第五）

③是はよな、娑竭羅龍王の第三の姫宮、胎蔵界の垂迹なり。（覚一本平家物語巻第二　卒都婆流）

④御垂跡者、天照太神之孫、娑竭羅龍王之娘也。（源平盛衰記巻第十三）

⑤安芸国厳嶋明神託宣云、我是娑竭羅龍王女子也、姉是法花提婆品之時即身成仏畢。（寺徳集）

⑥安芸国厳島之御託宣文曰、我是娑竭羅龍王第三之王子也［第三姫胎蔵界大日、是則豊玉姫也］、姉法華提婆之時、即身成仏、弟為レ守二護三井仏法一来給、新羅明神是也矣。（新羅明神記）

⑦厳島明神託宣文／我是娑竭羅龍王第二姫宮［豊玉姫］本地胎蔵界大日清浄光世菩薩。（園城寺伝記）

⑧かたじけなくも当社大明神の御すいじやくをたづねれば、あまてらすおほん神の御孫しやかつらりうわうの第三の姫宮にておはします。（七人童子絵詞）

⑨十七日、伯春自二安芸一帰来、—、留飲レ之、因話二厳島之霊異一、—、予問二城呂座頭一、曾詣二厳島一

否、答曰、七年前詣二此神一、略知二明神縁起一、昔推古天王御宇、一美婦人乗レ舟来、今所レ謂厳島神主之先祖某、問二婦人一、自レ何来、曰、我回二観海上一、莫レ如二此島之厳一、将レ垂二跡此間一、婦人遂化二成大蛇一、所レ謂百八十間回廊之形、蓋象二大蛇蟠屈一也、又明神託宣曰、吾姉昔依二文殊教化一詣二閑所一、遂往二南方無垢世界一、然后不レ知二所在一、吾則垂二跡此島一、吾妹於二山城国笠執山一垂レ迹、又次妹伊豆江島垂レ迹云々。

（臥雲日件録抜尤　文安四年四月）

⑩鎮守清瀧権現沙竭羅龍王第三女也、安芸国一宮伊都岐嶋明神託宣言、我沙竭羅龍王第一女子也、第二仏在世時、年始八歳、文殊菩薩被レ語至二他方界一成二正覚一、第三在二醍醐山一云々、垂迹龍女也

（三宝院伝法血脈　聖寶）

⑪絹カヅキシタル女人一人来テ結縁ス。五古〔鈷〕ヲ頂戴シテ其ノ御布施ニトテ紙ニツ、ミタル物ヲ一ツ伝教大師ニ奉ル也。此ノ時キ女人申ス様ハ、我姉ネハ霊山ニシテ一顆ノ宝珠ヲ尺〔釈〕尊ニ捧ゲ奉ル。我モ其先例ヲ思テ、今大師ニ珠ヲ奉ル也ト云ヘリ。其時キ、名ヲバ何ニト云ゾト問ヘバ、清瀧権現也ト云テ帰玉フ也。是即沙竭ラ龍王ノ第二ノ女玉依姫也。サレバ、沙竭羅龍王ノ三人ノ女ハ、何レモ日本ニ於テ神明ト現ジテ衆生ヲ利益玉フ也。第一ノ女メ豊玉姫ハ、南方無垢世界ニ往テ正覚ヲ唱ル也。是レハ日本ニ於テ豊前ノ国カマタ山ノ明神ト現玉フ也。第二ノ女メ玉依姫ハ醍醐ノ清瀧権現ト顕レ玉ヘリ。第三ノ女メ祇園女ハ安芸ノ厳嶋ノ明神ト現玉ヘリ。

（金台院本法華経直談鈔巻第五　提婆品八）

⑫忝も当しや明神はしやかつら龍王第三の姫みや。（近松門左衛門　浦島年代記）(12)

⑬此豊玉姫ト申ハ、摩那斯龍王ノ御娘ナリ。法花ノ同聞衆ノ処ニ第三番ノ龍王ナリ。（神道集巻第五第二十六御神楽事）

⑭安芸の厳島の明神は沙竭羅龍王の第三の媛にて（能「白楽天」）

中世日本紀と龍王の娘たち

右の諸資料は、相互に食い違うところも少なくない、というより、整理の手に余るほど多様である。ただ、厳島明神を娑竭羅龍王の第三の娘、すなわち法華経提婆達多品で成仏を遂げて南方無垢世界に赴いたと語られる龍女の妹とする点は、諸資料ほぼ一致する。厳島明神を法華経の八歳の龍女の妹とする説は、中世に広く流布していたと認められる。しかも、龍の姉妹たちを、古事記、日本書紀に語られる、アマテラス大神が誓約《うけひ》して産んだ、田心姫《たごりひめ》、湍津姫、市杵嶋姫（厳島）の三女神に充て、かつ、ヒコホホデミノ尊の訪れるワタツミノ神の娘の豊玉姫、玉依姫に充てる。法華経信仰と古代神話との習合が顕著である。

こうした説は、中世の日本書紀解釈にもあらわれる。

⑮市杵嶋姫命。／先師説云。（中略）市杵嶋姫命者。安芸伊都伎嶋同躰分身也。（釈日本紀）

⑯素戔嗚以二曲瓊一進二日神一而表二赤心之明浄一、沙竭羅龍女以二宝珠一献二世尊一而唱二無垢之成道一、倭梵

雖レ殊、其揆一也。／世伝曰、厳島明神者沙竭羅龍王之女、但未レ知二其拠一矣。
（一条兼良　日本書紀纂疏上第四。日本書紀聞書も同趣）

⑰「　」兄火酢芹命等事　豊玉「　」タマヒコトハ沙迦羅龍王也、第一ノ女ハ豊玉姫、第二ノ女ハ玉依姫、第三ノ女ハ厳島明神
（了誉聖冏　日本書紀私抄）

⑱一。三宮権現。／神祇宣令ニ云ク。日吉《ひえ》三宮者、天照大神所レ生八王子ノ中ノ三女。／日本紀ノ一ニ云ク。（中略）吹棄気噴之狭霧所レ生神号曰二日心《ママ》姫、次ニ湍津姫、次ニ市杵島姫一。／今案。（中略）釈日本紀ノ五ニ云。市杵島ノ姫ノ命ハ者、安芸伊都伎島同体分身也［文］以二第三女神一為二当社垂迹ノ神一ト、最モ有二秘決一。可レ尋二明師一ニ云々。
（日吉山王権現知新記巻上）

安芸の厳島明神を娑竭羅龍王の娘とするのは、⑯にいうように「世伝」であり、根拠ある説ではない。中世以降の厳島信仰の隆盛、流布のなかで世上に流布定着したものであったことが知られる。おそらくは、厳島の信仰を担う民間宗教者たちが説き広めたものか。室町期になると、伝統的日本紀解釈もこれを無視しがたくなっていたのであろう。こうした説の広まりは、それを、⑥⑦⑱のように積極的に自社の信仰に取り込もうとする動きを生むことにもなる。

こうして、日本紀と法華経信仰の結合は、もちろん中世の神仏習合の多くの例の一つにすぎないけれども、この場合、特にそれを促したものは、厳島および市杵嶋姫命、海神、仏典の龍とが、いずれも水界を支配するという性格を共有していたからであった。また、龍宮の娘を娑竭羅龍王の娘とし、

八歳の龍女の妹とする、古梓堂文庫旧蔵本のような具体的記述はなくとも、乙姫という呼称は、娑竭羅龍王あるいはアマテラスあるいはワタツミの神の末娘の姿を透かし見せているのである。浦島を歓待した乙姫がこれらの姉妹神のどれにあたるかの詮索は、諸伝多様であるだけに困難であり、また無用でもあろう。

四 八幡の姉妹神

八幡の女神と龍女

龍王の娘と見なされていたのは、厳島明神や清瀧権現ばかりではなかった。八幡の母神を法華経の八歳の龍女の姉妹と説明する、前節に掲げた②長門本平家物語もその一つである。

そのほか、八幡の神々と龍女との関係を説くものは多い。

①或記云。沙竭羅龍王娘五人。一龍女〔八歳成仏〕 二竈門〔筑前国〕 三香椎〔筑前国〕 四川上〔肥前国〕 五高知尾〔肥後国〕 （八幡宇佐宮託宣集第二）

②孝謙天皇〔人皇四十六代〕七年、天平勝宝七年乙未神託宣／大帯姫者吾母、即娑竭羅龍王乃夫人也、竈門明神者吾姨、龍女者我妹、是十二面観音之変身也。 （八幡宇佐宮託宣集第二）

③〔新羅より〕還御之後、為㆑遂㆓本懐㆒、娶㆓龍宮娘㆒生㆓四所君達㆒、若宮・若妃・ウレ・クレ是也、則若宮者、今若宮御前也云々、此事見㆓阿蘇縁起㆒歟、件書不審甚多矣 （宮寺縁事抄第一末）

④延喜二十一年六月廿一日御託宣云、鼇〔竈カ〕門宮ハ我伯母ニ御坐ス。〔二十二社註式〕

⑤勅約ニ任テ皇子誕生ノ後、竜女ヲモテ娘〔御ヨメ〕トス。当社第二ノ御前、姫大神ト申是也。〔八幡愚童訓〔甲〕〕

⑥姫大神と申は、龍王の御女、応神天皇の妃にておわします。〔八幡愚童訓〔乙〕〕

⑦龍女の身として、人王〔応神天皇〕の后に立たん事、かつうは面目たるべしとて、この二つの玉を奉りけり。〔能「香椎」〕

⑧仲哀天王〔中略〕摩那志龍王聟ニテ御座シケル間、其御引出物ニ于〔干カ〕珠満珠奉天王〔金玉要集　神記一　八幡大菩薩御事〕

⑨王子をば、その、ち、むかしの遺勅にまかせて、龍王のむことなし給、備後国にて、若宮をうみ給、仁徳天皇是也、龍王の御孫なるによりて、蛇の尾ありけり。〔衣奈八幡宮縁起　応永九年絵巻〕

これらも資料同士撞着するところがある。②において、八幡神〔応神天皇〕を娑竭羅龍王の娘である龍女の兄に当たるとするのは、他の説と整合しない。八幡宇佐宮託宣集の編者の神吽も不審を表明している。ただし、妹を「いも」と読み妻の意に解するならば、龍宮の娘を娶ったとする③⑤⑥⑨と対応しないでもないが、にわかには成立しがたい。解釈が流動している様を窺えば十分であるが、あるいは、⑤八幡愚童訓〔甲〕の「娘」〔東京大学史料編纂所影写本〕に対して、「御ヨメ」〔文明本〕とする異文は、この両説の投影と見なされなくもない。

のみならず、注目すべきは、神功皇后に関する⑧の説である。仲哀天皇が龍王の婿であるならば、神功皇后もまた龍女というのが道理である。それは長門本平家物語と符合する。

干満二珠

八幡神話の一つに、神功皇后が龍宮に干満二顆の珠を求め、それをもって新羅を討つということがある。

⑩豊姫ハ藤大臣ニ持セ参セテ、三箇日ト云ニ、竜宮ヨリ出テ皇后ニ珠ヲ進セ給ケリ。
（八幡愚童訓（甲））

⑪古人云、若宮権現者、神功皇后罰二新羅一時、奉レ妊二八幡一、志賀明神遣二龍宮一宣、吾懐妊子是男子也、可レ成二日本主君一可レ為レ聟、又可レ借二給乾珠・満珠一、仍得二此両珠一、罰二新羅国一
（宮寺縁事抄第一末）

⑫風土記云、人皇卅代欽明廿五年甲申冬十一月朔日甲子、肥前国佐嘉郡與止姫神有二鎮座一、一名豊姫、一名淀姫。乾元二年記云、淀姫大明神者、八幡宗廟之叔母、神功皇后之妹也、三韓征伐之昔者、得二干満両顆一、而没二異域之凶徒於海底一。
（延喜式神名帳頭注）

これは、日本書紀の仲哀天皇二年七月条の、神功皇后が豊浦の津で「如意宝珠」を得たという記載ともかかわるのであろう。しかも、記紀に語られる、ヒコホホデミノ尊が失った釣針を求めてワタツミ

ノ宮に到り、潮満瓊と潮涸瓊を得て帰還し、兄のホデリノミコトまたはホスソリノ尊を従える物語と呼応させていることも、一見して明らかである。

実際、釈日本紀によれば、それらの珠は別物ではなかった。

⑬潮満瓊及潮涸瓊／大問云。此満瓊涸瓊二種在二何処一哉。先師申云。元暦之比。宇佐宮濫行之時。本宮注文満瓊涸瓊二種在二当宮一之由注二進之一。然則留二宇佐宮一歟。重仰云。神功皇后征二伐三韓一之時。新羅海潮満二彼宮庭一。若令レ持二此瓊一御歟。如何。先師申云。宇佐宮者。応神天皇。姫神。大帯姫（神功皇后也）三所鎮坐也。二種瓊已在二当宮一。皇后征二伐三韓一之時。就三新羅海潮満二宮庭一。思レ之。定令レ持二此瓊一御歟。然而無二慥所見一。凡神功皇后者得二如意宝珠於海中一之由見二彼皇后紀一耳。

（釈日本紀巻第八）

「慥《たし》かの所見無し」と言いながら、こうした説を掲げるのは、やはり厳島の場合と同じく八幡信仰の広まりを受けたものであろう。神功皇后も水界を支配する力を具えているとみなされていたのであった。

なお付け加えれば、この珠は、法華経の八歳の龍女が釈迦にささげたという如意宝珠と関連づけられることもある。

⑭龍の都は龍宮の名、又豊なる玉の女と聞けば豊玉姫とかよ。／八歳の龍女の宝珠を捧げて変成成就し、我が潮の満干の瓊を捧げ、国の宝となすべきなり。

（能「鵜羽」）

三女神

一方、八幡の神々は、厳島明神がそうであったようにアマテラス大神の産んだ三女神とも重ね合わされる。

⑮三女之神ハ筑紫ノ宗像明神、安芸厳嶋明神、筑紫宇佐明神也。三所ナガラ三神ヲ勧請ス。宇佐ハ八幡ト申セドモ、本社ハ三神ニテマシマス也。（清原宣賢　日本紀抄）

また、石清水の祭神は、八幡愚童訓〔乙〕その他によれば、第一大菩薩（応神天皇）、第二姫大神（応神妃、龍王の娘）、第三大多羅志女（神功皇后）の三所であるが、

⑯或又、姫大神をのぞきて玉依姫を西の御前と申事あり。玉依姫と申は、神武天皇の母后、鸕鷀草葺不合尊の后也。（八幡愚童訓〔乙〕）

と、第二殿の祭神を入れ替えることもある。そして、その玉依姫は、

⑰玉依姫事　文殊入レ海済二度衆生一、其数無量、不レ可二勝計一、其中八歳龍女、南方唱レ覚配法花之勝用、示二成成《ママ》直道一、今玉依姫彼龍女妹也。（宮寺縁事抄第一末）

と説明されることもある。つまり、姫大神と玉依姫とが龍女であるという点でともに第二殿の祭神たりうる、あるいは、ともに第二殿の祭神であるゆえにともに龍女と見なされるのである。

先に、龍女は神功皇后の娘すなわち応神天皇の妹とも、神功皇后の嫁すなわち応神天皇の妃ともす

る資料を示したが、それはこのように第二殿の祭神が流動的であったことの反映にほかならない。そして、その動揺はその祭神を龍女と関係づけようとしたところに起因すると見なされる。また、厳島明神と神功皇后とを姉妹とする長門本平家物語の説も、龍女に媒介されて成り立つのである。

こうして、八幡の祭神、姫大神あるいは玉依姫もまた八歳の龍女の妹であり、したがって乙姫の一人であった。

五　放生報恩と空船

釣りする浦島

御伽草子『浦島』の乙姫像には、厳島の姫神と八幡の姉妹神の影が落ちているらしい。ただし、龍王の乙姫という設定と中世神統譜に関連が与えられていることのみをもって、厳島信仰、八幡信仰と『浦島』とを結びつけるのは性急に過ぎるかもしれない。しかし、実はこれらの神々をめぐる中世の縁起と『浦島』の間には、ほかにも符合するところが多い。たとえば、能の「浦島」〔乙本〕には、

忝くも神功皇后、新羅とやらんを従へ給ひし占方にも、玉島川にて三尺の鮎を釣らせ給ひし御ことぞかし。

と、八幡神話に関連づける詞章がある。これは、

玉嶋里の小河の側に進食《みをし》す。是に、皇后、針を勾《ま》げて鉤《ち》を為《つく》り、粒《いひぼ》を取りて餌にして、裳の縷《いと》を抽取て緡《つりのを》にして河の中の石の上に登りて、鉤を投げて祈《うけ》ひて曰く、「朕《われ》、西、財の国を求めむと欲す。若し事を成すこと有らば、河の魚鉤飲《く》へ」とのたまふ。因りて竿を挙げて、乃ち細鱗魚《あゆ》を獲《え》つ。

（日本書紀　神功皇后前紀）

という伝承を言い、八幡愚童訓〔甲〕にも、

任二神託一針ヲ海ニ入レ給ヘバ、三尺ノ鮎二ツ食付テ上ル。

と記される。神功皇后伝承が、能「浦島」に関連づけられたのは、単に釣りという共通要素に注目した趣向にとどまらないのではないか(13)。というのも、釣りは、中世以前のすべての浦島伝承において乙姫との出会いの契機となったばかりでなく、御伽草子『浦島』には、太郎が釣り上げた亀を海に放してやることが語られるからである。

浦嶋太郎此亀にいふやう、「汝生有（る）もの、中にも鶴は千年、亀は万年とて命ひさしきものなり。忽ちこゝにて命をたゝん事、いたはしければ、助くるなり。常には此恩を思ひ出すべし」とて、此亀をもとの海にかへしける。

（御伽文庫本）

太郎が龍宮で受けた歓待は、この放生の功徳に対する報恩であった。本地譚の枠組とともに、放生報恩は、古代の浦島伝承に見られない御伽草子独特の要素である。そして、放生といえば、まず想起されるのが八幡の放生会であろう。能「放生川」によれば、新羅を攻めた時に多くの人を殺したので、

その滅罪のために放生会を行えとの託宣があったという。

放生報恩の投影

一方、三宝絵下（二十六）八幡放生会条、宮寺縁事抄、八幡愚童訓〔乙〕などによれば、放生会の始まりは隼人の乱を鎮圧した際の殺生の罪を滅ぼすためであった。

放生会縁起　宣有言ク、隼人等ヲ多殺シツ、為レ失二其罪《ヲ》一、毎年行二放生会一ト宣ヘリ。因レ之国々被レ祈給ヘハ、所々ハ必海津良河ノ辺ニハ皆放生会ヲ行　（宮寺縁事抄第三）

ここで興味深いことは、三宝絵と宮寺縁事抄とがともに、人が亀を買い取って解放したところ後に亀が洪水を予告して恩に報いた、という六度集経の説話を引用していることである。亀は、中世の八幡神話のなかでいささか活躍の機会が与えられている。八幡愚童訓〔甲〕によれば、神功皇后に新羅征討の船の梶取りを命じられた安曇磯良を背に乗せて、常陸から豊浦まで運んだのが龍王の眷属の「早亀」という亀であったという。磯良は豊浦に着いて舞を舞う。この伝承は、東大寺蔵八幡縁起絵巻、高良玉垂宮縁起にも載り、東大寺蔵絵巻と高良神社縁起絵には、亀の背に乗って舞う磯良の姿が描かれている。六度集経の報恩譚と直接はかかわらないとしても、新羅遠征に間接的ながら功のあった亀は尊重すべき動物と見なされたであろうから、まず放生の対象とされたのも当然であろう。こうして、釣り―亀―放生は、中世八幡神話と御伽草子『浦島』との顕著な連関であった。

放生の対象が亀に限られるわけでもないけれども、亀放生報恩譚は仏教説話の一類型をなしている。いま、そのいくつかを掲げる。ちなみに、①⑤は亀が人を乗せたと語られている。

①日本霊異記上巻第七　贖亀命放生得現報亀所助縁（今昔物語集巻第十九第三十も同話）

②今昔物語集巻第五第十九　天竺亀報人恩語

③今昔物語集巻第九第十三　□人以父銭買取亀放河語（冥報記と打聞集第一、十一および宇治拾遺物語第一六四の源泉との統合）

④今昔物語集巻第十七第二十六　買亀放男依地蔵助得活語（地蔵菩薩霊験記巻第四第四と同話）

⑤今昔物語集巻第十九第二十九　亀報山陰中納言恩語（山陰中納言譚は他の多くの文献に載る）

⑥曾我物語第七　〔しやうめつ婆羅門の事〕

また、梁塵秘抄には、特に亀について殺生の罪深さが歌われている。

鵜飼はいとほしや　万劫歳経る亀殺し　また鵜の首を結ひ　現世はかくてもありぬべし　後生我が身をいかにせん　（三五五。四四〇も類歌）

ここから、その他の魚鳥以上にこの動物を神聖視する人間の感覚を看取することができるのではないか。亀が陸に上がってきた時には、酒を飲ませて歓待する南九州および南島の風習は、明らかに遠来の神ないし神の使者に対する礼にほかならない。それは仏教霊験譚などよりはるか以前からの、人の亀に対する心であって、むしろ亀放生報恩譚受容の基盤をなしていたとみるべきであろう。

浦島に助けられた亀は、麗しい女性の姿となって浦島のもとを訪れる。

はるかの海上に、小船一艘浮べり。怪しみやすらひ見れば、美しき女房只ひとり波に揺られて、次第に太郎が立たる所へ着きにけり。（御伽文庫本）

釣り上げた亀が船の中で美女に変ずる古代の浦島説話に対して、解放された亀が美女となり船に乗って陸を訪れるところに、御伽草子『浦島』のもう一つの特色がある。そして、厳島明神も、これと似た漂着鎮座伝承をもっている。すなわち、先に掲げた臥雲日件録抜尤にも簡略に記されているが、伊都岐島皇太神鎮座記、『いつくしまのゑんぎ』などによれば、安芸に流罪となった佐伯蔵本（鞍職）が漁をしているとき、女を乗せた船が流れ寄って来た。それが厳島明神であった。このように、海の彼方から貴女が船に乗って訪れるのは空船の物語である。(14)

空舟漂着

空船、それは母子の神が密閉された船に乗せられて漂着したという伝承の型で、正八幡の縁起としても著名である。神道集巻第一（三）正八幡事、宮寺縁事抄第三、八幡愚童訓（甲）その他に伝えるところでは、震旦の王女が日光に感精して男児を出産し、父王の命で空船に乗せて流され、日本大隅の海岸に辿り着き、八幡の母子神として鎮座することになったという。また、冒頭に「美濃の国、安八の郡墨俣、たるいおなことの神体は正八幡」という句を置いて、その由来を語る説経「をぐり」のなかで、父横山の許しを得ずに小栗判官と契った照手姫――ちなみに照手も「乙の姫」と設定されていた――は、父の命によって、出口のない「牢輿」に入れられ沈められることになるが、命じられた者が同情し、沈めの石を切り離して流される。この牢輿は一種の空船と見なされるのであって、こうした展開は、「をぐり」の物語が正八幡の本地譚であったことと無関係ではあるまい。厳島縁起と八幡縁起における女神の漂着鎮座の要素は、祖型を同じくすると見てよいであろう。厳島の女神と八幡の神々とが中世神統譜において血縁関係にあるとされたのも、それらが流れ寄る神としての同一の原型を有していたと想定するとき、ごく自然なことであった。

御伽草子『浦島』を特徴づけている放生報恩と空船漂着とは、中世の八幡縁起、厳島縁起と類似するところが多い。ここに、中世の八幡信仰、厳島信仰の浦島伝承への投影を認めないわけにはいかない。こうして、御伽草子『浦島』の乙姫像は、中世の多くの女神たちの集合重層によって成り立っている。

六　乙姫の原像

ヒコホホデミノミコトのワタツミノ宮訪問

今日の神話研究、古代文学研究は、浦島伝承とヒコホホデミのワタツミ訪問譚とを無関係とはしない。中世の人々も同様であったことは、これまでにも示したように、龍女を軸として浦島伝承、厳島縁起、八幡縁起、日本紀解釈を関連づけ、重ね合わせる諸資料に明らかであろう。[15] ただし、以下はこのことを改めて説きたてようというのではない。中世人の信仰および神学と、彼らにそのような解釈を促した記紀の叙述との関係を窺うとともに、御伽草子『浦島』の乙姫およびその原像としての、海の彼方より流れ寄る水界の女神の性格を導き出そうとするものである。

日本書紀のヒコホホデミのワタツミノ宮訪問譚

日本書紀のヒコホホデミのワタツミノ宮訪問譚の記述は、太古からの世界観と、漢籍や仏典による知識との出会いの所産である。[16] あたかもそれは、浦島の訪れる異境が、時代により資料により蓬莱とも常世とも龍宮とも様々に呼ばれることと対応する。

以下、古事記、日本書紀の本文を対照しながら摘記しておく。

1　ワタツミノ宮訪問

(a)爾に鹽椎《しほつち》の神、「我、汝命の為に善き議《ことはかり》を作《な》さむ」と云ひて、即ち無間勝間《まなしかつま》の小船を造り、其の船に載せて、教へて曰ひしく、「我其の船を押し流さば、差暫《しまし》往《い》でませ。味《うま》し御路《みち》有らむ。乃ち其の道に乗りて往でまさば、魚鱗《いろこ》の如造《ごと》れる宮室《みや》、其れ綿津見《わたつみの》神の宮ぞ。　（古事記）

(b)乃ち無目籠《まなしかたま》を作りて、彦火火出見尊を籠の中に内《い》れて、海に沈む。　（日本書紀本文）

(c)因りて、其の竹を取りて、大目《おほま》麁籠《あらこ》を作りて、火火出見尊を籠の中に内れまつりて、海に投《い》る。

一に云はく、無目堅間《まなしかたま》を以て浮木に為《つく》りて、細縄を以て火火出見尊を繋《ゆ》ひ著けまつりて沈む。（紀一書第一）

(d)乃ち無目堅間の小船を作りて、火火出見尊を載せまつりて、海の中に推し放つ。則自然に沈み去る。（紀一書第三）

(e)鹽筒老翁（中略）「海神の乗る駿馬は、八尋鰐なり。（中略）吾当に彼者《かれ》と策《はか》らむ。（紀一書第四）

2　ヒコホホデミの帰還

（省略）

3　トヨタマビメの来訪

(a)　是に海神の女、豊玉毘売命、自ら参出《まゐいで》て白しく、「妾《あ》は已に妊身《はらめ》るを（記）

(b)　豊玉姫、自ら大亀に馭《の》りて、女弟《いろど》玉依姫を将《ひき》ゐて、海を光《てら》して来到る。（紀一書第三）

4　トヨタマビメの出産

(a)窺伺《かいま》みたまへば、八尋和邇《わに》に化《な》りて匍匐《は》ひ委蛇《もこよ》ひき。（記）

(b)豊玉姫、方に産むときに龍に化為《な》りぬ。（紀本文）

(c)時に豊玉姫、大熊鰐に化為りて、匍匐ひ逶蛇ふ。（紀一書第一）

(d)則ち八尋大鰐に化為りぬ。（紀一書第三）

ワタツミノ宮は、現在一般には漠然と海底にあると考えられているらしい。しかし、それは仏教にいう龍宮と習合して形成された観念に基づくのではなかろうか。そうした古事記解釈の誤りをはっきり正したのは、神野志隆光(17)である。神野志は、古事記の本文に即する態度を貫くことによって、ワタツミが海の彼方に想像されていたことを確定した。

日本書紀のワタツミ観――龍としてのワニ

ワタツミに関する古事記本文の解釈がもはや動くことはないであろうが、日本書紀に目を転ずると、そこには異なる観念が認められる。すなわち、ヒコホホデミの訪問の方法についての叙述は、本文、一書ともに「沈」字が用いられている。ワタツミが海底にあると考えられていたことの証である。この理解は、日本書紀に一貫するといってよい。それは、トヨタマビメ出産の場面で、彼女の現した本体を、紀本文には「龍」と記述することと呼応する。龍とは、古事記および日本書紀一書の「八尋和邇」「大熊鰐」に相当する。いわば「ワニ」の漢語訳であった。

そもそも、ワニがどのような動物に相当するか明らかでない(18)。というより、それは単なる動物ではないし、古代人も思い思いにその姿を想像していたのであろうから、当てるべき動物を特定することは実のところさして意味はない。ワニとは、要するに水に棲む霊妙なる動物、ワタツミの神ないしその使者であった。それを龍と翻訳したのは、日本書紀ないしその原資料を筆録した古代人による、漢籍、仏典の知識に基づく処理であった。

ここで注目してよいのは、日本書紀の一書第三（先掲3(b)）が、陸に来訪するトヨタマビメを亀に乗る姿として記述していることである。それは、東征するカムヤマトイハレビコノ命（神武天皇）の前に、「亀の甲に乗りて、釣りしつつ打ち羽ぶき来る」（記。紀では船に乗る漁師）と現れ、海路をよく知るとして道案内をつとめたサヲネツヒコ、および亀の甲に乗りかつその上で舞う安曇磯良を想起させる。これらは海神の姿なのであろう。そして、ワニがワタツミの乗りもの（先掲1(e)、2）であれば、ワニと亀とが何らかの共通点を持つと見なされていたことを、あるいはワニという超自然的存在を亀の姿として想像した古代人もあったということを意味する。さらにいえば、ワニがトヨタマビメの本体（先掲4）であるように、トヨタマビメは亀でもあると考えられることがあったことを示唆するであろう。霊妙な動物とそれに乗る者とは、しばしば同体の関係にある。(19)

龍蛇＝亀としてのトヨタマビメ

あわせて注意を引くのが、そのトヨタマビメの様を「海を光《てら》して来到る」（紀一書第三）と記していることである。これに類似した記述が、記紀には二箇所見いだされる。

①海を光して依り来る神ありき。（古事記上巻）
神《あや》しき光海に照らして、忽然《たちまち》に浮び来る者あり。（日本書紀神代上）

②海原を光して船より追ひ来りき。

（古事記中巻）

①は、蛇体と見なされている三輪の神として鎮まり、②はホムチワケにその本体を蛇と見あらわされたヒナガ姫の様である。海を照らして寄り来るもの、それは蛇体の神と考えられていたらしい。とすれば、日本書紀一書第三の「海を光して来到る」という姿もまた、トヨタマビメの本体としての蛇性を暗示する。こうして、トヨタマビメ＝ワニ＝龍＝亀という関係を見ることができるとすれば、それは、乙姫を亀とし龍女とも語る御伽草子『浦島』に通ずる。実際、中世人もまたワニと龍と亀とを同一と見なすことがあった。

鰐ハ一タヒニ生二百卵一也。化レ亀化レ蛇者也。

（日本書紀神代巻抄）

海月骨なし（猿の生肝）における水棲の生物

こうした解釈は、記紀本文のみからも導くことができるけれども、仏典およびその享受の長い歴史に支えられているであろう。

「海月骨なし（猿の生肝）」として知られる昔話は仏典に淵源し、はやくから文字化されていた。

猿とばかり親しくする夫を常に側に置きたいと考えた鼈の妻が、猿の肝を欲しがる。

（六度集経、経律異相巻第二十二）

懐妊した妻のために、虬が猿の心臓を取ろうと企てる。

懐妊した妻のために、亀が猿の肝を取ろうと企てる。（仏本行集経、諸経要集巻第十六、法苑珠林巻第五十四）

懐妊した妻のために、亀が猿の肝を取ろうと企てる。（今昔物語集巻第五第二十五　亀為猿被謀語）

懐妊した妻のために、虬が猿の肝を取ろうと企てる。（沙石集巻第五本―九）

今昔物語集、沙石集の説話が漢訳仏典を源泉としていることは疑いない。しかし、単にそれを和訳したものでもないことは、仏典ないしそれを転載する仏教類書と日本の説話集本文とを対照してみれば明らかである。たとえば、今昔物語集も沙石集もある部分は六度集経に近く、ある部分は仏本行集経に近い。あたかも、二つの漢訳経典を合成したかたちになっているが、それぞれ漢訳仏典を和らげた――おそらく口頭伝承が介在しているであろう――何らかの文献を経て、このように定着したと見られる。今昔物語集が、虬でなく亀としているのは、仏本行集経ではこの前生譚ともう一つのよく似た前生譚が並んでいて、そこに亀が登場することも関係するかもしれないが、やはり日本人になじみのある動物に替えたということであろう。そして、龍と亀とを同一ないし相近いものとみなす基盤があったからであろう。

なお、昔話には、猿の生き肝を必要としたのは多くの採集例に龍宮の乙姫とし、また稀にではあるが龍王の妻、川に棲む蛇（福井県坂井郡の採集例、『日本昔話大成』角川書店所収）と語られるのも、またその使者を海月のほかにしばしば亀が務めているのも、龍宮が水中ないし水底の異境として広く知られていたためであろう。このこともまた、龍蛇と亀との同一性の観念が語り手、聞き手の深層に潜んでいたことを示唆する。

この説話の流伝の系譜については、岩本裕『インドの説話』（紀伊国屋新書　一九六三年）に整理されているが、それによれば、興味深いことに、この説話を載せる梵語文献では、猿の肝を欲するのはシシュマーラという動物であり、それは鰐（クロコダイル）ないし海豚に当たるという。インドの説話におけるその鰐ないし海豚が鼉とも虬とも漢訳され、日本の古伝承「ワニ」が「龍」と漢訳され、また亀とも見なされるようになる、この符合は偶然に過ぎないけれども、それぞれの水棲動物ないし海神が性格を共有していたことを物語るものである。

七　原像と変容

御伽草子『浦島』の諸特徴

古代から連綿と語り継がれ書き継がれてきた浦島説話は、御伽草子の時代に大きく屈折する。すなわち、御伽草子『浦島』は本地譚の枠組みを具え、放生報恩譚、貴女漂着譚の要素が加わり、男女の主人公にそれぞれ太郎、乙姫の称が与えられ、舞台は常世ないし蓬萊から龍宮に変わる。この変容に、仏教とりわけ法華経の果たした役割の大きいことは、すでに指摘されている[20]。ただし、御伽草子に影を投げかけたのは、経典そのものや教学としての仏教ではなく、厳島、八幡など民間に広く流布し深く浸透して親しまれていた信仰とそれを支える説話であり、それらとかかわる中世の法華経解釈、日本書紀解釈であった。このように、『浦島』は中世の宗教とさまざまに結びついていて、龍宮の乙姫は、いわばその顕著な結び目の一つであった。

御伽草子『浦島』の中世的変容

それにしても、中世の宗教の影はいつ投げかけられたのであろうか。御伽草子の流伝の過程か、それとも投げかけられた影によって『浦島』は成立したのであろうか。しかし、こういえば、御伽草子と御伽草子ならざるものとの境界を明らかにするという、あまり意味のない難問に導かれることになりかねない。ただ、御伽草子のもっとも古い伝本である日本民藝館蔵室町後期絵巻に、異境の称として蓬萊と龍宮とを混在させている事実、御伽草子との先後関係は分からないものの、ほぼ同時代と見られる因縁抄に太郎、龍宮の称が見えるほか、龍宮に四方四季が描かれ、放生報恩と女の漂着の要素を具えている事実には、改めて注意を向けておいてよいであろう。因縁抄の説話は御伽草子から流入したのか、それとも御伽草子の源流であるのか、あるいは御伽草子と源泉を同じくする水脈であるのか。しかし、われわれの目にしうる資料が限られた少数でしかないこと、しかもそれぞれの資料についての吟味が十分とはいえない現在、性急な論断は差しひかえなければならない(21)。

御伽草子『浦島』を中世的ないし室町的な浦島伝承の姿と認めるのは当然としても、その変容を促し支えたものとして、むしろ古代的な信仰に目を向けなければならない。それは、水界を支配する古来の母子神や姉妹神、たとえば宗像三神、豊玉姫と玉依姫の伝統である。浦島伝承と記紀の海神訪問譚とが同祖であるとすれば、古代の諸文献に記された浦島伝承は、日本文化の基層にはぐくまれていた異境訪問譚が、中国の道教神仙思想と接触してかたちを得たものであった。そして、御伽草子『浦島』は、ここに検討したように、一種の先祖返りにほかならなかった。とすれば、法華経はむしろ中世的変容の触媒にすぎなかったともいえるであろう。

注

(1)　林晃平（a）「浦島太郎誕生の一側面――浦島子と浦島太郎の差異――」（『苫小牧駒沢短期大学紀要』第一五号　一九八三年三月）、同（b）「浦島太郎誕生の諸問題――中世におけるその諸層――」（『苫小牧駒沢短期大学紀要』第一六号　一九八四年三月）、同（c）「浦島と四季――浦島太郎誕生の周辺――」（『苫小牧駒沢短期大学紀要』第一九号　一九八七年三月）。後に、林晃平『浦島伝説の研究』（おうふう　二〇〇一年）第二章「浦島太郎誕生の周辺」に収録。

(2)　冨田成美「『浦島太郎』考――「龍宮」選択の意味　その一――」（『日本文藝學』第二八号　一九九一年一一月）も、本節と課題を一部共有する。

(3)　松本隆信「中世における本地物の研究㈤」（『斯道文庫　論集』第一六輯　一九七九年一二月）、同『中世における本地物の研究』（汲古書院　一九九六年）に収録。なお、林晃平『浦島伝説の研究』第三章「所謂御伽草子浦島太郎」は諸本を四類に分類し、㈠㈡を合わせてⅠ類とする。それが妥当であろう。また、松本の分類で㈣の大東急記念文庫蔵絵巻と称されているのは、林によれば現在所在不明で古梓堂文庫旧蔵とするのが適切ということになる。

（4）ただし、西教寺蔵の因縁抄に「一、浦嶋太郎事　付時節」として浦島説話が収録されている。阿部泰郎編『因縁抄』（古典文庫　一九八八年）「解説」は、林晃平の説を引きながら、主人公が太郎と称せられていることに注目し、龍宮に四方四季を見る四門観の趣向が見られることは「御伽草子の遠い種子かも知れない」と指摘する。林晃平『浦島伝説の研究』第二章第三節「浦島太郎と四季」は、『因縁抄』の記述は『四十八願釈』と所謂御伽草子の浦島太郎、特にここでは日本民藝館蔵の（室町末）絵巻をそのまま繋ぐものと考えられよう」と位置づける一方、「（因縁抄の）原拠を所謂御伽草子のある一本ぐらいに考えてしまってもよいようにも思われる」としつつ、判断を留保している。

（5）三浦佑之『浦島太郎の文学史　恋愛小説の発生』（五柳書院　一九八九年）。

（6）重松明久『浦島子伝』（現代思潮社　一九八一年）。

（7）秋谷治「浦島太郎――怪婚譚の流れ」（『国文学　解釈と教材の研究』第二二巻第一六号　一九七七年一二月）。

（8）この画面は、『民藝』二八二号（一九七六年六月）、『新潮古典文学アルバム　お伽草子・伊曾保物語』（一九九一年）に写真が収められている。

（9）浅見徹『玉手箱と打出の小槌　昔話の古層をさぐる』（中公新書　一九八三年）。なお、これを改稿した『改稿　玉手箱と打出の小槌』（和泉書院　二〇〇六年）第一章「浦島物語の諸相」には、「もっとも、後世（中略）種々の物語の中にも竜女の妹たちが顔を見せるようになるが、本来、浦島物語と結びつく機縁はなかった」と補足的に続ける。

（10）注（1）林晃平（a）論文。ただし、『浦島伝説の研究』では法華経直談鈔のことには言及しない。

(11) 田中貴子「竜女の妹――『七人童子絵詞』の資料的価値に及ぶ――」(『国文学攷』第一一〇号 一九八六年六月)。「姉妹神の周辺――竜女・吉祥天・弁才天をめぐって――」(『日本文学』第三九巻第五号 一九九〇年五月)にも言及する。この二論文は田中貴子『外法と愛法の中世』(砂子屋書房 一九九三年)第一部第一章「竜女の妹――厳島の神をめぐる神仏関係と『厳島本地』」、第二章「姉妹神の周辺――竜女・吉祥天・弁才天」に収録された。

(12) ちなみに、近松門左衛門の浦島年代記は、浦島伝承を織り込んだ浄瑠璃である。そこでは、浦島太郎の助けた亀が、その亡き妻に姿を変えて太郎の子の小太郎を養い、海に落ちた太郎を救い、龍宮城に誘う。亀は「しやかつら龍王の乙姫」であって、改めて太郎と夫婦になる。近松は、乙姫の呼称を説明している御伽草子の『浦島』に接していた蓋然性が高い。あるいは、中間に介在するものがあったか。ただし、同じ近松の松風村雨束帯鑑では、「龍宮城、善如龍王の乙の姫」と設定されている。また、浦島年代記には、浦島太郎の子孫が厳島の神主として登場する。近松も、浦島伝承と厳島信仰とが無縁ではないと見ていた。

(13) 時代は下るけれども、近松の浦島年代記第二は、「龍宮城の夫婦の例此浦島と神代の彦火々出見のいにしえと二筋にかけて釣の縁」と関連づけている。

(14) 空船については、柳田国男『妹の力』「うつぼ舟の話」。柳田はもちろん多くの伝承の一例として正八幡の縁起譚を挙げる。なお、島内景二『御伽草子の精神史』(ぺりかん社 一九八八年)も視点は異なるけれども、『浦島』の乙姫漂着を空船型とみなしている。

(15) 佐々木孝二『日本文化と八幡神』(八幡書店 一九八七年)は、中世における八幡信仰とヒコホホデミのワタツミ訪問譚との習合を指摘し、その背景に根強い玉依姫(水辺の女神)信仰の伝統のあったことを述べる。

(16) 大田善麿『古代日本文学思潮論（Ⅲ）』（桜楓社　一九五二年）には、法華経提婆達多品の投影を指摘している。

(17) 神野志隆光『古事記の世界観』（吉川弘文館　一九八六年）。

(18) 小峯和明「鰐考」（『日本古典文学会会報』第九五号　一九八三年一月）。また、その後も杉山和也「日本に於ける鰐（ワニ）の認識」（『説話文学研究』第四六号　二〇一一年七月）が、古代から中世の文献により日本のワニ認識を検討している。なお、本書第四章1「東アジアの龍宮訪問譚」にも言及している。

(19) 龍蛇とそれに乗る者との同体関係については、本書第五章2「龍蛇・観音・母性――説話の変奏と創作――」に述べる。

(20) 重松明久『浦島子伝』（現代思潮社　一九八一年）。

(21) なお、林晃平『浦島伝説の研究』第二章第一節「歌学書の浦島伝説」は、蓬莱物語（『室町時代物語集　第五』　井上書房　一九六二年）に、浦島が龍宮より帰還したという記述のあることを指摘している。蓬莱物語の成立時期は不明だが、現存本は室町時代末期より古いものはないという。

第五章　龍蛇と観音

1　観音像の背後に立つもの

一　はじめに

観音霊験の日本的特徴

仏教は日本人に前世や来世のあることを教えたが、現世の安穏を希求する心は、あらゆる古代人のものであった。危難からの救済、富貴、良き配偶者、これらの願いに応えるのが新しい「呪術」あるいは「新文明の技術」としての仏教であり、なかんずく観世音菩薩であった。人々の願いは「銅銭を万貫、白米を万石、美女を多数、施したまえ」（日本霊異記上巻第三十一縁）、「財を施したまえ」（同中巻第三十四縁）などと即物的であり、しかも、観音像の手に縄を懸けてこれを引きながら祈願する（中巻第三十四縁、下巻第三縁）という直截的な方法がとられることもあった。これを中国の観音霊験譚と比べると、たとえば唐の法苑珠林巻第十七に多くの観音霊験譚が収録されているが、その霊験の大半は危難からの救済であって、右のような俗世間的な幸いが願われることはない。光世音応験記、続光世音応験記、繋観世音応験記等の中国撰述の観音験記類に調査を拡げても変わらない。日本霊異記の観音霊験譚は、はやくも日本的な特徴を示している。

観音霊験譚の一典型

日本の説話集に救難型の霊験譚も少なくはないが、ここで、最も典型的な観音霊験譚を一つ示すとすれば、それは次のような説話である。

今昔物語集巻第十六第七。越前敦賀に一人の女がいた。女の親は結婚相手を選んでやるけれども、夫が去るということが幾度も重なり、独り身のままであった。親は娘の幸いを願って家の後ろに堂を建てて観音を安置し、まもなく死んでしまった。その後は、親の残した財産もなくなり、使用人も散って、ついに日々の衣食にもこと欠くようになる。女は観音に救いを求める。すると、夢に「老《おい》タル僧」が現れて、「そなたの夫となるべき男を呼びにやったので、明日ここに来るであろう。その人の言葉に従え」と告げた。女は、夢を頼み観音の助けを信じて待つことにする。夢告のとおり、多くの従者を引き連れた男が来て宿る。男は、女が亡き妻に生き写しであることを知って契りを結ぶ。女は男を宿したものの、食事や馬の餌をどうしたものかと思い煩っているところに、親が召し使っていた者の娘と名乗る者が思いがけずやって来て、一切の世話を申し出る。女は、観音の助けと思い、また

「我ガ祖《おや》ノ生返テ御《おは》シタルナムメリ、トナム思フ」、亡き親が生き返っておいでになられたのであるらしいと思われるとも言う。こうして、昔の召使の娘の働きによって、男と幸せな結婚に入ることができた。女は、心ばかりの謝礼として、召使の娘に一枚の紅の袴を差し出した。女は夫に伴われて家を離れることになり、翌朝観音の前に詣でたところ、像の肩に昨日与えた袴が掛かっているではないか。昔の召使の娘というのは観音であった。

宇治拾遺物語第一〇八に同話が載るほか、日本霊異記中巻第三十四縁、今昔物語集巻第十六第八、梅沢本古本説話集下第四十八、同五十四、七巻本宝物集（吉川泰雄蔵本）巻第四、金沢文庫本観音利益集四十（古典文庫所収）など類話が多い。人物と舞台を少しずつ変えて、繰り返し語られ書かれた説話であった。

これらの説話を通して、観音とは何か、それも具体的に、人間にとって観音とはどのような菩薩であるかということを考えようとすれば、観音がどのような姿で人の前に現れるかという点に目を向ければよい。

二　観音の応化

仏と人とを媒介するもの

先に掲げた説話で注目されるのは、はじめに観音が夢のなかで僧の姿を借りて人に救済を約束し、また選ぶべき道を指し示すことである。その要素は、先の説話やその類話にとどまらず、さまざまの観音霊験譚に類型的であると認められる。その僧は、今昔物語集巻第十六の説話のなかから示せば、「端正《たんじやう》美麗《びれい》」（第十六）、「貴ク気高キ」（第三十一、三十三）、「貴気《たふとげ》ナル」（第三十二）など似通った形容がなされていて、夢告の姿も類型化されている。それは、「小僧」の姿で示現する地蔵菩薩と対照的である。(1)

それにしても、観音はなぜ夢中に直接その菩薩形を現さないのであろうか。信者が夢を得る場所が多く観音像の前であることにもよるであろうが、その大きな理由は、法華経観世音菩薩普門品の、観音はあらゆる衆生の願いや機根に応じてさまざまの姿をとって救済するという思想、また「内に菩薩の行を秘し、外に是れ声聞なりと現して」（法華経五百弟子受記品）という思想を具体化したのであろう。人間をはるかに超越した至尊の仏に対して、衆生と同じ地平に降り立ち、その苦しみや悩みや煩悩までも共有しようというのが菩薩であった。夢中の僧形も、身近で親しみやすい姿を示したのである。夢が神仏と人との交流の場であるとすれば、僧は仏菩薩と人との媒介であるということができる。

今昔物語集の「端正美麗」「貴ク気高キ」などの表現は、彫塑像や絵像として造形されていた観音像の印象に基づくものであろうが、巻十六第七に「老タル僧」の姿で出現しているのは、観音の一般的な映像とかけ離れている。なぜ老僧が菩薩の化身たりうるのか。

翁の姿で出現する観音菩薩

ここで、日本霊異記に、菩薩が翁に姿を変えて人間界に現れる説話のあることに注目したい。上巻第六縁（今昔物語集巻第十六第一にも引用）、高麗に遣わされた行善《ぎょうぜん》法師が、唐軍の侵攻に遭遇して流浪していた時、橋が壊れ、船もなくて渡ることのできない川辺で心中に観音を念ずると、たちまち老翁が船に乗って迎えに来て、無事に渡って難を避けることができた。岸に着いたとたん船も翁も見えなくなった。翁は観音の応化であった。また中巻第八縁に、蛇と結婚の約束をしてしまった娘が、翁の持っていた蟹を買い取って放生し、蟹の活躍で蛇の難を免れたという説話が載る。間接的に娘を救った翁は「聖《ひじり》の化《け》」すなわち菩薩の化身と見なされている。上巻第六縁を参照すれば、これも観音であったかも知れない。今昔物語集巻第十六第四十は本文を欠くけれども、その目録標題「十一面観音変老翁立山崎橋柱語」から十一面観音の化身である翁が橋柱に立つ説話であったことが知られる。また後藤昭雄[(2)]が紹介した諸菩薩感応抄（仮題）という資料にも、観音が翁に姿を変えて峻険な場所に橋梁を架けたという説話が載る。こうして、翁の姿で出現するのは観音霊験譚の一つの類型である。

水の上を人を渡す翁と言えば、記紀神話においてホヲリノミコト（山幸彦）をワタツミノ宮に送り届けるシホツチノ神（老翁）を想起させる。仏教伝来後さして時を経ない頃の日本人が、新来の仏や菩薩を古来の神々への信仰に翻訳しながら受容していたであろうことを考えれば、これを観音の化現としての翁と関連づけるのは突飛ではない。翁は古来の神々の末裔であろう。古代日本人は、仏菩薩の背後に固有の神を見ていた。そして、観音霊験譚の夢のなかに現れる尊貴の老僧も、これらの翁の系譜を引いているのではないか。

三　先住の神々と観音菩薩

観音寺院創建縁起

観音信仰ないし広く仏教と固有の宗教との出会いは、たとえば今昔物語集巻第十一第三十二の清水寺創建縁起に語られている。大和の小島山寺の賢心が、夢の告げによって淀川を一筋流れる金の水をたどりながら遡って行くと、平安京の東山の滝の下に至る。滝の西の岸の上に草庵があって、髪の白い俗体の老人がいる。

〔賢心〕其ハ、「新京ヲ見ム」ト思テ、長谷ノ城《みやこ》ニ至ラムト為ニ、淀川ニシテ金ノ色ノ水一筋ニテ流ルヲ見ル。（中略）新京ノ東ノ山ニ入ル。山ノ体ヲ見ルニ、峻《さがし》クシテ木暗キ事無限《かぎりな》シ。山ノ中ニ滝有リ。（中略）滝ノ西ノ岸ノ上ニ一ノ草ノ庵有リ。其中ニ、一ノ俗□、年老テ髪白シ。（中略）翁答テ云ク、「姓ハ隠レ遁レタリ。名ヲバ行叡ト云フ。我レ、此《ここ》ニ住シテ二百年ニ及ブ（下略）」

（今昔物語集巻第十一第三十二　田村将軍始めて清水寺を建つる語）

そして、賢心に草庵を譲り、観音像を造るべき木を示して、東国に修行に出ると告げて、かき消すように失せた。賢心がここに三年を過ごした頃、狩りに来た坂上田村麻呂と出会い、二人力を合わせて観音像と伽藍を造った。先住の神が開祖となる仏教者を導いたり、伽藍建立の地を譲ったりするのは、寺院創建縁起の類型である。

たとえば、石山寺も、良弁《ろうべん》が寺院を建てるにふさわしい勝地を求めていると、岩の上で釣りをしていた翁（地主の比良《ひら》明神）によって、そこが観音垂迹の地であると示されたという由来譚を持っている。

聖武天皇の御願、良弁僧正の建立。（中略）夢覚めて此の山に到る。老翁、大巌石の上に居て魚を釣る。（中略）答へて云はく、我は是当山の地主比良明神也。此の処は観音垂迹して、多く衆生を利す、と。此くの如く示して後見えず。僧正件《くだん》の巌石の上に忽ちに草庵を結びて

（阿娑縛《あさば》抄「諸寺略記」石山寺　読み下し）

清水寺縁起の行叡も千手陀羅尼を唱える行者には違いないけれども、俗体の翁の姿は明らかに先住の神である。併せて、彼らがしばしば水を司るものであることに注意を向けておこう。たとえば、東山に留まった賢心が「食物無シト云ヘドモ、谷ノ水ヲ飲テ有ルニ、自然ラ餓ノ心無シ」とし、坂上田村麻呂もまたその水を飲むと「身冷《すず》クシテ楽キ心有リ」とあるとおり、そこには霊妙な水が流れている。

固有の神と新来の仏との出会い

これらの伝承は、新来の仏教が定着する際に、これを受け入れる古来の宗教の土壌があったことを物語っている。この種の寺院創建譚はいずれも仏教の側からの記録であり、したがって二つの宗教の出会いをおおむね調和的に語っている。しかし、本朝法華験記巻下第八十一（今昔物語集巻第十二第一に引用）、神融法師が、地主神の意を体して塔を破壊する雷神を従える説話のように、両者の対立を際立たせ、古い神々が屈伏ないし放逐されるかたちで語られることも少なくない。ここに、新しい宗教を受容する際に覚えた古代人の葛藤の痕跡を見ることが可能である。観音の化身としての翁は、こうして、仏教の移入に際してその体系に組み込まれた、あるいは周縁に排除された古来の神であった。古代人は、それらの神々を媒介として観音に対していたのであろう。仏や菩薩が翁の姿を借りて示現する説話類型には、仏教を受容するようになった頃の記憶が織り込まれているばかりでなく、信者は、今なお魂の奥底に命脈を保っている古い神と新来の仏との出会いが引き起こす、葛藤および調和を繰り返し体験していたのではなかったか。

四　亡親としての観音

亡き親の遺志と観音の救済

救難型の霊験譚に対して、富と良き配偶者を授ける日本的な霊験譚にあって、古来の神の面影を宿している僧は、観音の化身あるいは代理として信者に啓示を与え、とるべき方途を指し示すにとどまり、直接信者に手を差し伸べることはない。救済は別に出現する援助者によって実現される。その援助者は、かつての召使、親の召し使っていた者の娘、あるいは隣の家の女などと設定されている。

ここで注意を向けたいのは、先に掲げた今昔物語集巻第十六第七で、敦賀の女が、出現した救済者について、「此ハ何《いかに》、我ガ祖《おや》ノ生返テ御シタルナムメリ」と考える点である。これは、娘が、もし生きていれば親（特に女親）に期待しうる援助と保護を求めていたことを示すものであるが、同時に、観音の霊威の発現に親の遺志が働いていることを物語っている。というのも、娘の帰依している観音像は、亡き親がかつて娘の幸いを願って造ったものであり、娘自身もかねて「我ガ祖《おや》ノ思ヒ俸《おき》テシ験《しる》シ有テ、我ヲ助ケ給へ」と、親の期待していたとおりに霊験がありますようにと祈願していたからである。

亡親の遺志と観音の救済とが結び付けられるのは、この説話だけの特殊な設定や叙述ではない。類話の今昔物語集巻第十六第九。富貴を願って清水の観音に日夜参詣を続けていた孤独な女に、道の途中ねんごろに声をかけ、食事の世話をしてくれる嫗がいた。女は、願いどおり豊かな男とめぐり合い結婚することになる。女は親切であった嫗の庵を訪ねて、何か形見を渡そうと思うが、これといったものがない。そこで、「父母ニ別ル、人モ髪ヲコソ形見ニハスレ」と考えて自分の髪を一房切って渡すと、嫗はこれを指の先に巻き付けて、「この指は決して失せることはないから、これをしるしとして尋ねよ」と謎めいたことを言う。結婚した男は陸奥守の子であったから、一緒に陸奥に下った。女は嫗のことが忘れられず、使いを上らせてみるけれども、尋ね当てることができない。四年後に上京すると同時に自分で訪ねて行くと、使者の報告のとおり庵の跡形もない。そこで清水寺に参ってみると、本尊の帳の東に立っている観音像の手に自分の髪の毛が巻きついていた。嫗はこの観音の化現であった。

身寄りのない女が親切な嫗を親とも頼み、その嫗が観音の化身であったという関係は、信者の観音に寄せる心が、親に対する敬愛と信頼に等しかったことを物語っている。ことに、観音が女性の姿を借りて援助者として出現し、結婚相手やその従者の食事の世話をするという説話類型は、観音が母親と重ね合わされて信仰されていたことを示唆している。

継子の援助者

こうした観音＝母の関係は、中世の継子いじめの物語にあっても、継子の援助者が観音あるいはその化身であり、そこには亡母の遺志が強く働いている点に明瞭に読み取ることができる。

現存本住吉物語をはじめとして、継子いじめ譚と観音霊験譚とは縒り合わされることが多い。室町物語の女主人公はしばしば観音の申し子であり、観音の加護を受けない者はないといってもよい。たとえば鉢かづきの草子では、母が死に臨んで「さしもぐさ深くぞ頼む観世音誓ひのままに戴かせぬる」（御伽草子版本）と詠んで我が娘の頭に鉢をかぶせる。御巫本には、娘は長谷観音に申し子をして授けられたと語られる。この鉢は、継母の迫害の理由でもあり、また娘にふさわしい配偶者が出現するまで守り続け、鉢が自然に落ちた時すなわち婚姻の条件が整った時に、その中に納められていた種々の宝が現れるのである。ここにおいて、母の遺志と観音の加護は一体である。

また、たとえば、伏屋の物語、秋月物語とも、女主人公の姫は継母の命を受けた者によって殺されようとして水に沈められることになるが、亀の背に乗り、命が助かる。伏屋の物語では亀に救われた姫が、「これ観音の御助けと、ふと思ひ出て、ありがたしともなかなかにて（中略）とて、観世音菩薩」（清水泰蔵本）と念ずる通り、亀は観音の化身と見なされる。これに対して尊経閣文庫本では、

亀、涙を流して瀬田の橋の上に置きて、「我はこれ君の母の魂なり。朝夕は影の身にそひて守りつるに（下略）」

と、亀を亡き実母の霊魂とする。秋月物語には、

大きなる亀、手を合わせて泣くけしきにて帰りければ、姫君「不思議や、いかなる仏神の御助けぞや、昔の山陰中納言の若盛り、かやうにありつるとこそ聞け」とて、いよいよ御経たつとくあそばしけるぞ哀れなる。（高山歓喜寺蔵本）

とする。ここに想起されている山陰中納言とは、海に落ちた幼児が亀に助けられたという説話であり、亀の報恩譚として種々の文献に少しずつ語り方を変化させて載る。その一つ、平家物語巻第六「祇園女御」では、それは亡母のかつて助けた亀であったと語る。これらによって、継子の援助者は観音あ

るいは亡き母の霊魂であると同時に、観音の利生の背後に母の遺志が働いている、さらに言えば観音＝母の関係が透けて見える。[3]

なお、継子いじめ譚にあっては、常に父の影が薄い。父親は、継母のわが子への迫害に気づかないし、言い惑わされて迫害に手を貸しさえする。では、観音霊験譚にあっても父親は無力なのであろうか。娘が、夫となる男やその従者の食事を必要としているとすれば、たしかに期待は持てない。ただし、もし観音霊験譚に父親像が投影されているとすれば、それは、夢のなかに現れる、信じて待つことを説く老僧であろうか。

注

（1）今昔物語集巻第十七には地蔵菩薩霊験譚を集成する。ここから一、二を例示すれば、「牛飼フ童ノ年十五六歳許《ばかり》ナル」（第二）、「小僧」（第三）、「年十余歳許ノ小僧」（第四）など、地蔵は少年の姿を取って出現する。

（2）後藤昭雄「金剛寺蔵〈佚名諸菩薩感応抄〉」（『説話文学研究』第二八号　一九九三年六月）に紹介された〈佚名諸菩薩感応抄〉に載る。この説話は後藤昭雄「三善清行『善家秘記』の新出逸文」（『古代日本の祭祀と仏教』（吉川弘文館　一九九五年）、『本朝漢詩文資料論』（勉誠出版　二〇一二年）において検討されている。

（3）こうした観音＝母の関係については、森正人「鎌倉・室町物語と説話――十三歳の継子の姫君によせて――」（『説話文学研究』第三一号　一九九六年八月）に論じた。また本書第五章2「龍蛇・観音・母性――説話の変奏と創作――」参照。

2　龍蛇・観音・母性——説話の変奏と創作——

一　はじめに

肥後白川のほとりから

九州に住んでいた一人の嫗のことは、都人にもよく知られていた。

筑紫の白川といふ所に住み侍りけるに、大弐《だいに》藤原興範《おきのり》の朝臣のまかりわたるついでに、水たべむとてうち寄りてこひ侍りければ、水を持て出でて詠み侍りける　檜垣の嫗

年ふればわが黒髪もしら川のみづはくむまで老いにけるかな

かしこに名高くこと好む女になん侍りける。（後撰和歌集巻第十七雑三）

同じおもむきの物語が大和物語第一二六段に載り、そこでは歌は小野好古《よしふる》に対して詠まれたとし、また檜垣嫗集にあっては肥後の守（清原元輔とも解釈しうる）に対して詠んだとする。こうした異伝の発生は、口頭の歌語りを想定することによって説明できる。物語の型をそのままに、語られる機会に応じて人物と場所と状況を少しばかり変えることによって、別の物語が生まれるのは口頭伝承の常で

ある。歌句に少しずつ異同があるのも、伝誦歌であったことを示している。

檜垣の嫗は、たとえば藤原清輔の袋草紙によれば「肥後国遊君」と見なされていた。能の「檜垣」に白拍子とするのも、ほぼ同じ理解であろう。そうしたいわば伝統的な嫗像に対して、近年疑問が投げかけられている。ただし厳密にいえば、それは檜垣嫗集およびその作者（たち）についての分析から導かれることであって、檜垣の嫗が実在の人物であったか否か、実在したとしてその檜垣の嫗が遊女であったか否かは、また別の問題といわなければならない。「名高くこと好む女」（後撰和歌集）、「いとらうあり、をかしくて、世を経ける」（大和物語）という叙述、および都から訪れた貴人に対して風流な振る舞いを見せ歌を詠む設定は、伝承上の檜垣が零落した遊女ないしそれに類する境遇の女性とみなされがちであったことを示すものであろう(1)。檜垣嫗集に収められている個々の歌の作者（たち）、あるいは檜垣嫗集全体の作者（編者）が誰であったかはともかく、そこに造型されようとした嫗像も、後撰和歌集、大和物語のそれと齟齬しない。檜垣嫗集が一種の創作であるとして、それも伝承のなかの檜垣像に触発されてのものであったし、藤原清輔や能の作者の理解と享受も理由のないことではなかった。

蓮台寺観音堂

熊本市の西郊にある蓮台寺は、檜垣の嫗ゆかりの寺である。境内には檜垣の嫗の供養塔と称せられる古い石塔があり、観音堂には、地蔵菩薩像を中心に右に観音、左に檜垣の媼像(2)（口絵写真参照）も安置されている。また、寺に隣接して祀られている天満宮の境内には媼が水を汲んだと伝えられる井戸（「檜垣の水」と呼ばれる。今は廃井）が残っている。

一九九〇年頃、これらを私に案内してくださったのは、観音堂に四十余年奉仕を続けてこられたという八十歳の女性であった。老婦人は、「本に書いてあることとは違うでしょうが、これは、昔、すでに年老いていた住職夫人に聞いた話で」と前置きして檜垣の媼の伝説を語ってくださった。媼の両親は北白川宮(3)ゆかりの（ちなみに蓮台寺は白川の北岸に建っている）都人であったが、国府（熊本市内の地名。肥後の国府のあったとされる所）に流されて来たのであった。媼は、その頃太宰府に流された菅原道真を訪ねて行ったが、すでに亡くなっていたので、ここに天満宮を祀った。そして、肥後の国司となって来た清原元輔に歌才を見いだされたのであるという。貴種流離譚の型に載せて、異伝は近代にも発生し続けている。

老婦人は、やがて、「実は、私がこの観音堂に奉仕を続けているについては、深い因縁があるのです」と、次のようなことを語り始めた。婦人が、戦後台湾から引き揚げて来て、熊本に住むようになったのは昭和二十二年のことであった。その引き揚げの船の中で婦人は夢をみた。ある川の深い淵から龍が出現し、その背に大人と子供の間の年頃の少女の観音が乗っている。観音は白い衣装を着け、その衣装が風に靡いている、という夢であった。そしてここに住むようになって、夢に見た場所が、寺の前にある白川の淵であることに気づいたというのである。その頃、観音堂はずいぶんと荒れていた。雨漏りがし、観音像も盗まれたらしく失われていた。八年経ったある日、御堂の掃除をしていると、埃を被り白蟻の巣になっている木片を棚の中から見つけだした。念入りに埃を払ってみると、龍が刻まれてあった。老婦人のお話では、それはもともと観音の台座であって、現在は新しく安置されることになった観音像の須弥壇の下に置かれている。つまり老婦人が夢に見た通りに、龍は観音を背に乗せたかたちになっている。

この語りは、蓮台寺がここに建てられていること、そして檜垣の嫗の伝承がこの寺と結びついていることについて、まことに示唆的である。

みづはくむ嫗

折口信夫は、檜垣の嫗の歌の原義の分からなくなっている「みつはくむ」の語から、水をめぐる信仰を析出しつつ、嫗の原像は水の神を斎く巫女＝「水の女」であるということを論じている。(4) 私も、先学に導かれて、蓮台寺が古くは白川の水の神を祀る祭場であったのではないかと書いたことがある。(5)初めて蓮台寺を訪ねたのは一九七〇年代前半のことであるが、その時強く印象づけられたのは、寺が白川の堤のごく近くに建っていることであった。今は堂宇もその配置もすっかり変わってしまっているが、当時は本堂も観音堂も南向きに、つまり白川に面して建てられていた。中島廣足の檜垣家集補註に載せる絵（口絵写真参照）でも、本堂は川に面して建つ。白川はたびたび氾濫を繰り返した川である。その荒れ狂う川の水をなだめ鎮める場所にふさわしいと考えたのであった。

蓮台寺境内には、また千体地蔵と呼ばれるものが並んでいる。それは、寛政年間に十一代住職明空聖人が、「白川の氾濫で水害や疫病で亡くなった人々の冥福を祈り、荒れ果てた田畑の復興と五穀豊穣を祈念して千日の託鉢《ママ》行脚により人々の浄財を集めたり、大変な刻苦の末にできたものといわれている」（同寺発行パンフレット『檜垣　蓮台寺』）。やはり、この寺は白川の水に無縁ではなかったのである。それでも、いささか不審が残った。そこがいにしえの水の神を祀る場であったとしても、なぜ、氾濫を繰り返す川の堤のごく近くをことさら寺地に選んだのか。そこで、「昭和二十八年の水害の時は、水に浸かって大変だったでしょう」と尋ねてみた。すると、くだんの老婦人は「いえ、このお寺だけは大丈夫でした。この一帯はすっかり水に浸かりましたが。それで、この辺りの人は皆ここに避難して来たのですよ」という答えで、疑問は一挙に氷解した。川のほとりにありながら、ここは水に侵されることのない土地であったのである。

現在の蓮台寺は、白川改修工事のために寺域の大半を建設省に譲渡し、一九八〇年より境内の整備と堂宇の改築を行い、面目をすっかり改めた。川の方を向いていた本堂と観音堂も、今はそれぞれ西と北に向けて建てられている。

二　観音霊場と水

能「檜垣」と熊本の伝説

檜垣の嫗の名を高からしめ、その伝承を肥後の地に根づかせたのは、おそらく能であろう。能の「檜垣」によれば、嫗の亡霊が日毎に白川の水を汲んで、岩戸（雲巌禅寺）の観音に捧げるのである。嫗は生前白拍子として歌舞の「誉《ほまれ》世に勝れ、その罪深きゆゑにより、今も苦しみを」受けている。すなわち「熱鉄の桶を担ひ、猛火のつるべを掛けてこの水を汲む、その水湯となってわが身を焼く」のである。ただし、熊本の伝承はいささか異なる。

嘗聞、天慶年中、白川有㆓檜垣女㆒、祈㆓大悲像㆒、毎夜往還者、三年竟感㆓冥救㆒。

（北嶋雪山『国郡一統誌』）

岩殿山観世音宝華山雲巌寺ト云寺アリ、ウシロニ一ツノ巌窟アリ、霊巌洞ト云、其窟中ニ観音ヲ安置セリ、其昔檜垣嫗カ深ク信ジケル観音ニテ、ハルバル白川ノ水ヲ汲テ常ニ手向ケルヨシ云伝フ。

（『肥後国古塔調査録　熊本県史料集成　第五巻』）

生前の嫗が観音に深い信仰を傾けていたと伝えるのは、檜垣の嫗の死後の苦患を容認したくない土地の者の身びいきの心理によるにちがいない。

岩戸観音の地は熊本市の西方にある山で、その岩窟は宮本武蔵が五輪書の筆を執った所としても知られる。峻険な山道で、能の詞章の作者世阿弥もよくは知らなかったであろうが、蓮台寺からゆうに二里はある。足弱の老女の苦労も偲ばれよう。

鼓の滝

ところが、この岩戸観音を少し下ると、河内川の渓谷を水が落下する鼓の滝を臨む位置に、歌詠み場と称せられて、清原元輔が歌を詠んだと伝えられる所がある。ただし、拾遺和歌集巻第九雑下には次のように記す。

清原元輔肥後守に侍りける時、かの国の鼓の滝といふ所を見にまかりたりけるに、ことやうなる法師の詠み侍りける

音に聞く鼓の滝をうち見ればただ山川の鳴るにぞありける

なお、この歌は重之集、檜垣嫗集にも載る。(6) また雲巌禅寺の境内にも水が湧き、寺では諸病に効く霊水と案内している。つまり、わざわざ白川から水を運ばなければならない所ではなかった。白川の水を汲んだと記す文献との調和を図ったのは明らかであるとして、そのことよりも、檜垣の嫗が、水と観音信仰とに深い関係を結んでいることに改めて気付かされる。

水の聖域

その雲巌禅寺建立の由来は、次のように伝えられている。

東陵永璵占二于此一、始者寺前有レ池、広三百歩、以為不レ便レ創レ宇也、一夕夢、有レ人謂曰、我是主レ池者、受二螺身一居レ此久矣、遇レ師有二創建志一、知四為不三便二于経営一、明日我将レ徙二居于杉谷一、師其莫レ慮、減レ水八分、必留二螺貝龍鱗一、以為二其証一、次早試見レ之、果如二夢中言一。（国郡一統誌）

岩殿《イワトノ》山観音由来事附岩殿観音糟谷《カスヤ》宗次《ムネツグ》が妻と現じ給ふ事

肥後国飽田《アキタ》郡岩殿山の観世音は、そのかみ何《いづ》れの歳にや、此霊像《レイゾウイ》異域《イキ》より此国にわたらせ給ふとき（中略）、其《その》後数百年を経て、大元明《ゲンメイ》州の沙門《シヤモン》東陵《トウレウ》永璵《エイヨ》、このところにいたつて霊洞《レイドウ》のかたはらに精舎《シヤウジヤ》をたてむとするに、其地にふかさ三百尺ばかりなる淵《フチ》ありて、こころにまかせず。ある夜東陵《トウレウ》の夢に、異《キ》形《ギヤウ》の者来り告《ツゲ》ていはく、「われは是此淵《こしこのフチ》の主《ヌシ》梭尾螺《ホラガイ》なり。ここに住《スム》こと年久し。しかるに、師、寺を建《タテ》んとし給ふに、わが淵の広濶《ヒロキ》をにくみ給ふ。この故に竜《リウ》王我に命じて淵を師に奉《たてまつ》らしむ。今夜西の方杉谷にうつるべし。竜鱗《リヨウウロコ》一枚と螺殻《ホラガイ》一箇《コ》を残して信《シルシ》とせん」といひおはつて夢さむ。翌旦《ヨクタン》、東陵《トウレウ》ゆきて見るに淵《ノ》水みなかれてわづかに小《チヒサ》き窠《クボミ》あり。其辺に鱗殻《リンコク》をのをの一枚をのこせり。東陵これを奇なりとして伽藍《ガラン》を修造し、宝華《ホウゲ》山雲巌禅寺《ウンガンゼンジ》と号《ガウ》せらる。

（本朝諸仏霊応記中第六）

水神（龍神）が、仏法のために所を去ったのである。寺院縁起にしばしばみられる型の伝承であり、水と岩に立地するのも観音寺院の一般的な特徴である(7)。

こうして、伝承の世界でこの寺院が檜垣の嫗と関係づけられたのは偶然ではない。それは、檜垣の嫗が水の女であったことと深くかかわっている。檜垣の嫗の原像は水の神を斎き、聖なる若水を汲んで遠来の貴種（神）に捧げる巫女であった(8)。つまり、嫗の「みづはくむ」歌は、単なる嘆老ではない。みずからを老者に擬して貴人を奉祝するのは、物語の一つの型であった。相手を変えて、水を汲み捧げる同じ物語がくりかえし語られ演じられたのは、右の原像についての記憶が永く失われなかったことを示している。したがって、重要であるのは、かつて九州に実在したかもしれない檜垣と呼ばれた嫗の実像や、あるいはそのように呼ばれていた女性たちの個々の姿ではなく、種々の文献や芸能に登場してくりかえし描かれかたどられた像すなわち伝承像でなければならない。

三　龍に乗る菩薩

龍の背に乗る

老婦人の夢に見た、白い装束を身にまとった少女観音像は、龍頭観音あるいは騎龍観音に当たるであろう。老婦人は、しかし、ずっとのちになって龍に乗る観音像のあることは知ったと語られた。つまり、夢中の像は、たとえば仏教教学などの単なる知識によるのではない、民俗的かつ心理的深層の領域から出現したということである。騎龍観音も龍に乗って出現する聖なる存在の一つに過ぎないと言うべきであろう。そして、このことは、龍蛇と観音の関係を考えるとき大きな手掛かりとなる。

龍の背に乗るのは、観音ばかりではない。妙見菩薩にもその図様があり（中村元『図説仏教語大辞典』東京書籍）、陰陽道の金神も乗龍の像に表されることがある（『万代大雑書古今大成』）。また、鎌田東二『聖トポロジー　地霊の変容』（河出書房新社　一九九〇年）「蛇と聖地」は、蛇の背に座するブッダの像についてふれている。仏・菩薩像にかぎらず、天あるいは童子や少女が龍の背に乗る図は、類例が少なくない。

①夏五月の庚午の朔《ついたち》に、空中にして龍に乗れる者有り。貌、唐人に似たり。青き油の笠を来て、葛城嶺より、馳せて膽《い》駒《こま》山に隠れぬ。午の時に及至りて、住吉の松嶺の上より、西に向ひて馳せ去りぬ。（日本書紀巻第二十六　斉明天皇元年）

②大空かいくらがりて、車の輪のごとくなる雨ふり、雷なりひらめきて、龍にのれる童、黄金の札を阿修羅にとらせてのぼりぬ。（うつほ物語「俊蔭」）

③目蓮、花池ノ善サウ龍王ノモトニイタリテ蓮根コハムトテユキタルニ、此龍王ハ天帝尺《ママ》ノノリモノトシテツネニ忉利天ニナムアリケル。（百座法談聞書抄　六月五日条）

④如意尼者。天長帝之次后也。（中略）常詣二如意輪観自在菩薩霊場一。（中略）端正天女乗二白龍一。擁二白雲一。向二西南一飛去。后怪喜焉。蓋天女者。大弁才天。（元亨釈書巻第十八）

⑤上座ニ一人ノ大人［帝釈天］アリ。（中略）八龍ニゾ乗タリケル。（太平記巻第十二）

⑥那智川に架かる振架瀬橋のやや下流に童子を戴いた龍が描かれている。童子は手に何かを持ち、橋の上の僧と言葉を交わしているように見える。　（那智参詣曼陀羅(9)）

⑦継母が三人の姫を増田が淵に沈めると、「この人々と申せしは、観音、地蔵、虚空蔵の化身にてましませば、龍神顕はれ出給へ、人々を助つつ又水中に入けるは、ありがたかりける次第なり」という場面も、具体的には描かれていないけれども、龍の背あるいは頭に人を載せたのであろう。

（赤城御本地）

⑧過ぐる夜の夢に、かの姫君漫漫たる海より龍に乗りて、かしこへ入らせ給ふと、見まいらせ候つるに　（秋月物語）

⑨益田が池の大蛇は美女に姿を変えて藤原としすけ〔俊祐〕と契り、子〔俊仁＝利仁〕を産む。「百尋余りの大蛇なるが、二つの角の間に、三歳ばかりなる美しき子を乗せて、紅の舌を出してねぶり愛してこそ遊びけれ」　（田村の草子）

⑩宮姫大明神が「大和国杉たてる門を訪ねておはしませ」と告げて龍に載って去る。

（諏訪の本地〔兼家系〕）

⑪愛護の若に横恋慕し、受け入れられないと知るや、これを讒し死に追いやった継母雲居の局を稲瀬が淵に沈める。そして、愛護の若の身を投げたきりうが滝の傍らで加持すると、「不思議や池の水揺り上げ揺り上げ、黒雲北へ下がり、十六丈の大蛇、愛護の死骸をかづき、壇の上にぞ置き

にける」。ただし、この大蛇は、継母の妄執の姿である。（「愛護の若」）

⑫さよ姫に教化された大蛇は、姫を故郷近い猿沢の池まで送り届ける。「姫君を龍頭に打ち乗せて、池の底へ入るかと見えしが、刹那の内に、大和の国に聞こえたる、奈良の都猿沢の池の、みぎはへかづき上げ、池のほとりに、姫君を降ろし置き、いとま申してさらばとて、それよりも大蛇は、龍となって、天へ上がらせたまひける」（「まつら長者」）

⑬肥後琵琶師の妙音講に用いられた本尊掛軸の一つ、龍の背に乗って琴を弾ずる女神像。（『肥後琵琶だより』第二〇号 一九八二年三月）(10)

⑭紀州根来寺の住蛇が池の大蛇に取られた桂姫は、乳母の呼びかけに対して、大蛇の頭に乗って姿を現した。（田中重雄『紀州蛇物語』名著出版 一九八二年）

⑮龍になった母とその背に乗る太郎が、岩を蹴裂き破り水を流して沼を耕地に変える。（松谷みよ子『龍の子太郎』講談社 一九六〇年）

⑯一九七五〜一九九五年にかけて毎日放送・テレビ朝日系を中心に放送されたテレビのアニメ『まんが日本昔ばなし』。右⑮の『龍の子太郎』を典拠として、オープニング映像に少年を背に乗せた龍が空を翔る。

⑰コミックス第六巻の扉絵には、西欧の有翼四肢の龍に乗る聖徳太子の姿が描かれる。この巻には、舎人が太子の「逆鱗」に触れる場面があり、また、太子の憎悪、嫉妬の感情はコブラを描き添え

て象徴されてもいる。

（山岸涼子『日出処の天子』白泉社）[11]

少年または少女が龍の背あるいは頭に乗る点では変わらないが、その背景は区々であり、その含意するところも区々であろう。ただ、これらのいくつかは聖なるものの顕現する姿であることは明らかである。特に愛護の若とさよ姫は初瀬の観音の、秋月物語の姫は清水観音の申し子であり（中世物語の主人公はしばしば観音の申し子であって、類型にすぎないとしても）、しかも、説経「まつら長者」の大蛇は後に壺坂の観音と現れるところをみるに、龍蛇と観音の関係は深い。

観音の化現としての龍蛇

たとえば、今昔物語集巻第十六第六。鷹取りの男が断崖の中ほどに置き去りにされた。男はかねて観音を信仰していたが、ここに至って鷹を取るというみずからの生業の罪を懺悔し、観音に救いを求めた。ところが、崖の下から毒蛇が上がって来て呑もうとする。男は、蛇に呑まれるよりはとその頭に刀を突き立てた。すると、「蛇、驚テ昇ルニ、鷹取、蛇ニ乗テ、自然ラ、岸ノ上ニ昇ヌ」――これも一種、龍蛇の頭に乗る図である――という結果になった。家に帰り、観音経を読もうとして経箱を開けてみると、経の軸に刀が突き立っていた。観音経が蛇となって救ってくれたのであった。[12]

また、肥後琵琶の曲「俊徳丸」。これも全体を清水観音の霊験が覆っているが、継母おすわが俊徳丸の死を願って、清水観音に丑刻参りをする、夜毎に七本の釘を俊徳丸の雛形に打ちこむ、満願の夜最後の四十九本めの釘を打ちこもうとしたとき、突然の雷電霹靂暴風雨のなかに大蛇が出現して継母は気を失う。それは男山八幡の神の依頼を受けた清水観音が大蛇となって釘を奪い取り、雛形の上三寸はずして打たせたのであった(13)。

　このことを考えるために、ふたたび説経の「まつら長者」を取り上げる。さよ姫は往生を遂げた後竹生島の弁財天と現れ、「かの島にて、大蛇に縁を結ばせたまふ故に、頭に大蛇を戴きたまふなり」と語られる。これは、道場法師誕生の姿に等しい。農夫に助けられた雷神が、「汝に寄りて子を胎ま令めて報いむ」と農夫の子として生まれ、その児は「頭に蛇を纏ふこと二遍」という姿で生まれてきた（日本霊異記上巻第三）(14)。ここに児と蛇（＝雷）の一体関係は明白である。こうして、菩薩が龍蛇に乗るのと関係は逆になるが、「まつら長者」の場合も竹生島の弁財天とその頭に戴かれた蛇とは同体であろう。この大蛇については次のように語られる。島の根源神であろう。

爰海龍変二大鯰一、廻レ島七匝、蟠繞首尾相咋毎二一匝一、一神顕坐。　（竹生島縁起、他）

一。竹生島為二宮殿一事　師物語云。竹生島者申ハウツケテ為宮殿。即弁財天ノ為浄土ト也云云。其島為体総相一島石一ヲ也。故ニ船ヲ寄レバリヤウ〱トヒビク也云云。内ノウツケタル故歟。又云。彼竹生島ニ弁岩屋ト云龍穴有之。　（渓嵐拾葉集巻第三十七）

一。竹生島明神為魚龍事　相伝云。大鯰七匝繞島也。是則七仏薬師化現也云云。　（渓嵐拾葉集巻第三十七）

しかも、竹生島宝厳寺には観音堂があって、千手観音像が安置されている。そして、渓嵐拾葉集によれば、弁財天と観音は同体である。

一。以龍女習弁財天事　示云。龍女ハ即如意輪観音也。此尊ノ本地又如意輪也。仍一体ト習也。

（渓嵐拾葉集巻第三十六）

四　実母の亡魂

龍宮の姫

龍蛇は、仏教の体系のなかでは仏菩薩ないし仏法の守護者であり、かつ仏法への敵対者あるいは煩悩の象徴で仏法による救済の対象という二面性をそなえている。たとえば、「まつら長者」の場合、生贄を要求していた大蛇は、さよ姫の誦む法華経を聴聞して得脱し十七、八の上臈の姿となって現れる。寛文元年刊の山本九兵衛版に就けば、この娘はもと伊勢二見が浦の者で、継母にうとまれて家を出て、人商人にたばかられこの土地に売られ、橋柱として沈められた、その恨みによって大蛇と現れた――ここにさよ姫と大蛇の一体関係が暗示されている――と、その因縁を語る。[15] この場合は、共同体に災いをなす存在が、法華経によって救済され、のちに観音と現れて逆に守護する者、救済する者に転ずるという関係が見られる。

これに対し、赤城の御本地の場合、淵の龍神は継子たちの保護者として現れる。秋月物語の場合、継子が龍に乗るという夢が描かれるのであれば、龍は主人公の保護者である。そのことと呼応するように、継母によって孤島に置き去りにされた主人公が、ある尼によって助けられると、「多くの人々は、こはいかに、龍宮の姫を、乗せ給ふことよ」と、龍宮の姫と呼ばれている。この呼称は、同じ継子いじめ物語の岩屋の草子に用いられる。孤島に置き去りにされた姫を救いかしずいていた海人夫婦は、姫に去られて「たとひ、龍宮へ御帰りありとも、海の上に立ち給ひて、今一度拝まれおはしませ」と嘆く。やはり龍宮の姫であった。

このように、継子いじめ譚には龍蛇がまとわりついている。この問題は、そこに見え隠れしていた観音霊験の要素と関連づけて検討すべきことが見通される。

秋月物語と岩屋の草子の主人公が龍宮の姫と呼ばれるのは、彼女たちが海の岩の上で発見されるからであろう。二人は、ともに継母の命を受けた者によって殺されようとするが、命じられた者があわれみを感じ、孤島に捨てるにとどめるのである。このように孤島に捨てられる継子の物語は、ほかに神道集巻第二「二所権現之事」、箱根権現絵巻、きまんとう物語、千手女の草子など少なくない。

水難と観音の霊験

また、海ないし湖あるいは孤島に捨てられた者が救済されるという設定は、観音霊験譚にしばしば見られるところでもある。それは、法華経観世音菩薩普門品（観音経）の、

入二於大海一、仮使下黒風、吹二其船舫一、飄中堕羅刹鬼国上、其中若有二、乃至一人一、称二観世音菩薩名一者、
是諸人等、皆得レ解二脱、羅刹之難一。

という句ともかかわりがあろうが、(16) 特に観世音菩薩浄土本縁経に触発されて語られていると見られる。この経はかなり広く知られていたらしい(17)。いま、やわらげて略引する七巻本宝物集（吉川泰雄蔵本）巻第三によって示す。

昔、一人の梵士ありき。その名を長那《ちやうな》と言ひき。その妻を摩那斯羅《まなしら》女と言ふ。二人の子を持ちたり。早離・速離と名づく。母摩那斯羅女、生死無常まぬかれずして、病を受けて失せぬ。長那梵士、嘆きて悲しむこと限りなしといへども、世間の習ひなれば、又、妻をまうけてけり。かかるほどに、天下に飢渇ゆきて、みな人飢《かつ》え死にければ、二人の子を継母にあづけて、檀那羅山《だんならせん》といふ山に、一を食ひつれば七日もの欲しからぬ木の実ありと聞て、採りに行たりけるままに、継母、早離・速離の二人の継子を船に乗せて、「海松布《みるめ》刈らん」と言ひて、遥かなる島に放ちけり。早離・速離、天を仰ぎ、地に伏して、おめき悲しめど、問ふ人もなく、あはれむものなし。つひに食に飢え、水に飢えて、死門に入る時、誓ひて言はく、「我、一切衆生の願ひを満て、苦を救ひ、貧窮ならん者を助けん」とて失せぬ。願力にまかせて、早離・速離は、観音・勢至の二菩薩となり、母摩那斯羅女は、子の願力をかがみて、阿弥陀仏と成りぬ。さて親子なるがゆへに、今は師・弟子となりて、阿弥陀の三尊とは申すなり。放たれたりし島、今の補陀落山《ふだらくせん》是なり。

この本縁譚の型をふまえた物語は、説法に利用されたことがあった。建保四年（一二一六）に書写された草案集に、継母の謀計によって孤島に置き去りにされた王子が、観音経の一偈を誦すると、大きな鶴が現れ王子を亡き実母のもとに運び、父王とめぐり会うという物語が収められている。また、この本縁譚をほとんどなぞるように物語草子に仕立てられたのが、月日の本地である。それは、観音の申し子ふわう、さんさうの兄弟が、継母によって孤島に捨てられるが、島に飛来してきた大鳥に保護され、父とめぐり会い、後に月日と現れる物語である。(18)この場合も兄弟を大鳥が保護するのは、観音と故母の霊の共同の意志に基づく。

さても、南海の補陀落山の観音は、このよしを、御覧じて、（中略）極楽のうちに生まれ給ひし、母御前に対面し、「かくのごとくの仔細あり、娑婆に、たち帰りて助けさせ給ふべし」とて、すなはち、通力を験じて、大きなる鳥と現れ、かの島に飛び来たり　（赤木文庫蔵巻子本）

このように、海ないし湖あるいは孤島に捨てられた継子には、通例として援助者あるいは保護者が現れる。たとえば、伏せ屋の物語で、琵琶湖に沈められた姫は亀に救われる。その亀は亡き母の霊であった。

亀、涙を流して、瀬田の橋の上に置きて、「我は是、君の母の魂なり。朝夕は、影の身に添ひて守りつるに

秋月物語にも亀が登場する。姫は、継母の命を受けた者の手によって海に投げ込まれる。

さて姫君をば、亀の頭《かしら》に載せたてまつりて、島に差し上げける。さて姫君、いかなる事ぞと御覧ずれば、亀、手を合はせて泣くけしきにて帰りける。「母君の助け給ふかや、あらありがたや、昔の山蔭中納言、若きを［り］かやうにあるとかや」、いよいよ御経たつとくあそばしける。

（矢野利雄氏蔵写本）(19)

こうした亀の登場は、秋月物語の姫が想起している通り、広く知られていた山蔭中納言の説話をふまえたものであろう。継母のために海に捨てられた――この設定にも観世音菩薩浄土本縁経が響いているであろう――山蔭中納言の子（中納言自身とする伝承もある）は、かつて中納言の助けた亀の背に載せられて救われるのである。今昔物語集巻第十九第二十九によれば、その亀は「只者ニハ非ズ、仏菩薩ノ化身ナドニテ有ケルニヤ」とされる。長谷寺験記巻下第十三とそれを引用する三国伝記巻第七第二十七によれば、救済は観音の霊験であり、したがって亀は観音の化身ないし使者ということになる。注目されるのは、平家物語巻第六「祇園女御」および源平盛衰記巻第二十六で、そこでは亀を助けたのは今は亡き生母の生前のことと語られ、したがって、亀は生母の霊とかかわっていることになる。

秋月物語、伏せ屋の物語は、山蔭中納言譚における亀を亡母の霊と重ね合わせて、つまり平家物語系統の伝承に沿ってそれをいっそう押し進める方向で享受したということになる。しかし、山蔭中納言譚の亀の語られ方やその享受についての、右のような揺れをどれが本来的か、新しいかという観点から検討しても、さして意味のあることではない。継子物語における援助者は、あまねく人の心の深層にはぐくまれる母性ないし女性の原型に由来し、継子譚の語り手たちと聞き手たちの意識と無意識のあわいに立ち現れるものであろう。したがって、どの解釈も可能であるというよりは、継子譚の深層においては亀と亡母は不可分なのである[20]。

こうして、いくつかの霊験譚を通して援助者＝観音、援助者＝実母の関係が成り立ちうるとすれば、観音＝実母の関係が導き出されることになる。

継子物語における援助者

これらに限らず、継子の援助者としての観音と実母とは、しばしば不可分の関係として語られる。たとえば、『うばかは』の物語の姫は、故母が常々参っていた甚目寺の観音に参り、観音から姥皮を着せられる。姫は、姥皮のために人にうとまれ、かつそれによって貴公子に見染められて幸いを得ることになる。また鉢かづきの物語の場合、母は長谷観音に姫の繁盛を祈り、その死に臨み姫の頭に大きな鉢をかずける。その鉢は姫のそれからの艱難の因であり、かつ最後に幸いをもたらすものとなる。特に御巫本には、母がかずけるのは長谷観音より授けられた箱とされる。こうして、鉢と姥皮がまったく同じ機能を果たすことを考慮すれば、母の遺志と観音の意志とは別物でない。

観音の加護を語る継子いじめ譚は多い。落窪の草子。六角堂の観音の申し子の姫は、六角堂に参籠して示現をこうむり、夫となるべき貴公子とめぐり会う。住吉物語（現存本）の男君は、初瀬の観音に参籠して霊夢を得て姫の居所を知る。こうした観音の援助は、はやくから故母の加護と結びつけて受け取られたとみてよいであろう。堤中納言物語の「貝合」は、継子いじめ譚および観音霊験譚のもどきとみなされる短編物語であるが、そこには、我が仕える継子の姫を貝合わせに勝たせようと、女童たちが観音に祈請するところを、主人公の少将がかいま見する場面がある。

このありつるやうなる童は、三四人ばかりつれて、「わが母の常に読み給ひし観音経、わが御前負けさせ奉り給ふな」。只このゐたる戸のもとにしも向きて念じあへる顔をかしけれど、

念ずる言葉に「給ひし」と過去の助動詞が用いられるところから、女童の母は亡き人であることが知られる。姫と同様、継子いじめに遇っているのかもしれない。故母の加護と観音の救済とが結びつけられている。これをかいま見ていた少将は、

かひなしとなに嘆くらむ白波も君がかたには心よせてむ

と歌を詠みかける。女童たちは、観音の示現と大騒ぎし、暁にひそかに少将から届けられた貝を見つけて仏の助けと、また喜び騒ぐのである。こうした語り方は、継子いじめ譚において観音の援助がすでに類型的なものとなっていたことを示す。

五　みごもる蛇

近代小説における龍蛇と女性

観音と龍蛇と母性とが互いに他を象徴する関係をたどってきた。これは古い伝承の世界のみに限られるわけではない。

太宰治の『斜陽』。かず子やお母さまにとって、まず蛇は不吉な生き物であった。かつて父の臨終の枕元にいつの間にか蛇が現れ、その夕方、庭の木に夥しい蛇が集まっていたことがあったからである。蛇は死を象徴する。したがって、蛇の卵を蝮のそれと勘違いして焼いたことで、かず子は不安を覚える。そして、

何だか、自分の胸の奥に、お母さまのお命をちぢめる気味わるい小蛇が一匹はひり込んでゐるやうで、いやでいやで仕様が無かつた。

かず子は、卵を探しているらしい美しい母蛇に、自分の母の姿を重ねる。

さうして私の胸の中に住む蝮みたいにごろごろして醜い蛇が、この悲しみが深くて美しい美しい母蛇をいつか、食ひ殺してしまふのではなからうかと、なぜだか、なぜだか、そんな気がした。

外から「はひり込ん」だものとして拒否したい蛇から、「胸の中に住」みついていて、否定しようにも否定しがたい蛇へのすみやかな転換、このように。女性が己の内部に棲みついている蛇に気付か

されるというのは、近代の小説にしばしばみられる。

その蛇が何であるか現在でも解りませんが、併し兎に角貴方があの時仰言ったように、まさしく私の身体の中には一匹の蛇が棲んで居りました。（中略）私の知らないもう一人の私、これは確かにもう蛇と名附ける以外どう仕様もないもので御座います。（井上靖『猟銃』）

生と死と紙一重の瞬間に、恋人の行国が中宮の御生命を救ったのはいいとして、自分の必死の叫びに耳を傾けなかった悲しさ、苦しさは黒い蛇のように小弁の一筋な心にわだかまってとけぬ凝りとなった。（円地文子『なまみこ物語』）

愛欲、嫉妬、貪欲、狡猾などとさまざま否定的な観念に置き換えられ、しかし「蛇」としか言い表しがたいもの、それこそが、没落貴族のかず子の生活力の根源となるであろう。

生きるといふ事。生き残るといふ事。それは、たいへん醜くて、血の匂ひのする、きたならしい事のやうな気もする。私は、みごもつて、穴を掘る蛇の姿を畳の上に思ひ描いてみた。（中略）私は生き残つて、思ふ事をしとげるために世間と争つて行かう。

死を看取るものから生をはぐくむものへの転換が予感される。母をあの世へ送ったかず子は、「蛇のごとく慧く、鴿《はと》のごとく素直なれ」という聖書の言葉をよりどころに、作家の上原と結ばれ、世間に許されぬ子を産むことになる。醜悪であった蛇は、

マリヤが、たとひ夫の子でない子を生んでも、マリヤに輝く誇りがあつたら、それは聖母子にな

るのでございます。

と、ついに聖母に昇華していく。これは、弟の直治や上原など男たちの闘争——しかし直治は自殺したし、上原も窮死するであろう——とは異なる、内部に蛇を棲まわせている者の闘争であり、勝利であった。

道成寺縁起絵巻の絵解き

和歌山県道成寺では、道成寺縁起絵巻（模本）を用いて絵解き説法を行っている。巧みな説きぶりは大いに笑わせ楽しませるが、蛇となって僧（安珍）を追い掛ける女（清姫）の物語は、視聴の人々にとって遠い昔のできごとではないらしく、特に清姫が蛇に姿を変える場面では、溜め息ともどよめきともつかぬものが沸く。それとなくうかがっていると、殊に中年の女性たちの口から深い嘆声が漏れる。愛欲の業のすさまじさをうとましいと感じながらも、他人事とは思えない様子が見てとれる。視覚では画面の蛇体をとらえながら、おそらくそれぞれの内面に棲んでいる蛇と向き合っているのであろう。蛇のもつ根源的な力はまだ失われていないし、それに応えるものを現代の人々は失っていない。

ただし、見落としてならないのは、蛇に姿を変えて僧を追い掛けた女が、じつは観音の化身であったということである。「彼女もたゞ人にはあらず、念の深ければかゝるぞと云事を、悪世乱末の人に思知らせむために、権現と観音と方便の御志深き物なり」（道成寺縁起絵巻）。これを単なる方便と受け取るべきでないことは、繰り返さない。

注

（1）当然、中世における小町、清少納言、和泉式部の零落して流浪する姿と重なることになる。なお檜垣の嫗については本書第六章「檜垣の嫗の歌と物語——伝承の水脈——」参照。

（2）この嫗像は、後述する雲巌禅寺の岩戸（霊巌洞）より「檜垣女形自作」との銘の入った石の器（壺）に入った像が出現し（橘南谿『西遊記』巻之一等）、それを模したものといわれる。岩戸から出現した壺と像の模写図は中島廣足の檜垣家集補註に載る（口絵写真参照）。内柴御風『霊巌洞物語』（霊巌洞物語刊行会　一九三三年）に実物と見られるものの写真（口絵写真参照）が載り、その頃まで雲巌禅寺に管理されていたことが確認されるが、いつの頃か流失したようである。その後、檜垣の像が山本読書室跡の保管品のなかに伝存すると熊本日日新聞（二〇一七年一月一二日朝刊）が報じた。新聞には、粘土製で桐箱に収められているとされ、壺のことは記述がない。新聞の写真で見る限り、『霊巌洞物語』の写真とも、檜垣家集補註の模写図とも相違する。西遊記には「陶器のやうにも見ゆ」、檜垣家集補註には「陶器色黒し」とあるから別物と判断される。西遊記には、像出現の後「其像を模写し、石にゑり、紙に写し、そこここもてはやしぬ」とあるから、山本読書室跡の像はそうした模写の一つと見なされる。

（3）北白川宮は明治三年に興されたから、この伝承はこれをさかのぼることはない。

（4）折口信夫『古代研究（民俗学篇1）』「水の女」（『折口信夫全集　第二巻』中央公論社　一九九五

年）。そのほかに、徳江元正『芸能、能芸』（三弥井書店　一九七六年）「黒髪のエロス」、小林茂美『神々の間奏曲　儀礼・芸能・文学』（桜楓社　一九八五年）「歌語「みつはくむ」とミツハノメ神」など。

（5）矢野貫一編『日本文学発掘』（象山社　一九八五年）「蓮台寺　檜垣嫗の歌と物語」。なお、ほぼ同趣旨の文章を「地名散策　肥後白川　みづはくむ檜垣の嫗」（『新日本古典文学大系月報』一五　一九九〇年四月）に書いた。この文章は久保田淳編『日本古典文学紀行』（岩波書店　一九八八年）に再掲。

（6）この歌が檜垣の嫗のものでないことは、山口博『王朝歌壇の研究――村上冷泉円融朝篇――』（桜楓社　一九六七年）後篇第三章「檜垣嫗集論」、西丸妙子「『檜垣嫗集』成立考」（『古代文化』第三五巻第七号　一九八三年七月）などに指摘されている。それは、歌集成立の問題に限れば至当である。

（7）西郷信綱『古代人と夢』（平凡社　一九七二年）、沼義昭『日本人の信仰　限りなき慈しみ　観音』（佼成出版社　一九七九年）。また本書第一章「龍蛇と菩薩――救済と守護――」にも論ずる。

（8）折口信夫『古代研究（民俗学篇1）』「水の女」（『折口信夫全集　第二巻』中央公論社　一九九五年）。

（9）ただし、この童子が何であるか明らかにされていない。篠原四郎「那智権現曼陀羅の絵解」（『国学院雑誌』第六四巻第二、三号　一九六三年二、三月）は、「童女を戴いた神龍」が、「道中の人々の心の善悪を視て、清浄を求めているところ」と解し、黒田日出男「熊野那智参詣曼陀羅を読む」（『思想』第七四〇号　一九八六年二月）は、那智の主神（本地千手観音）が参詣の僧を導く姿と解する。私見によれば、花山法皇に龍神が如意宝珠その他を奉ったという伝承（源平盛衰記巻第三）を絵画化したものであろう。森正人「那智参詣曼陀羅ところどころ」（『日本古典文学会会報』第一二〇号　一九九一年七月）参照。

（10）これは弁財天像であろう。高田衛「土佐浄瑠璃『桜小町』考〈上〉〈下〉」（『月刊百科』一九九〇年三、四月）は、千葉県行徳近くの湊村の円明院についての「竜乗の神像〔狩野筆也〕一幅納め有之（葛飾記下　弁財天弁第六天）という記事を紹介している。なお、この論文が注意を向けている人面蛇体の怨霊は、おそらく龍蛇に乗る神仏像とつながるであろう。たとえば、補陀洛山建立修行日記には、本地千手観音が人面蛇体の垂迹身を示す記述がある。

（11）なお、この漫画に造型された太子像は注目に値する。聖徳太子は伝統的に菩薩とみなされてきているが、この漫画には、太子の女性的でかつ残忍な面が強調して描かれ、また彼がしばしばあえて卑賤な者の姿を借りて行動する場面が多い。これは、大地母神に淵源する菩薩の本質が顕在化されたものとみなされる。

（12）この説話に関しては、森正人「聖なる毒蛇／罪ある観音——鷹取救済譚考——」（『国語と国文学』第七六巻第一二号　一九九九年一二月）参照。

（13）肥後琵琶の玉川教演師（山鹿良之氏）によれば、この大蛇を実母の霊とする浪花節もあったという。そのことは、師が楽屋で直接浪花節師に聞いて確かめたことであるという。ちなみに、説経「しんとく丸」（佐渡七太夫正本）では実母の前生は大蛇である。

（14）道場法師については本書第三章1「水の童子——道場法師とその末裔——」。

（15）京都大学美学研究室蔵奈良絵本『さよひめ』も同じ。うろこかたや板の正本には、大蛇の前生は語られない。赤木文庫本『さよひめのさうし』では、両親の死後所領を人に奪われ、これを無念に思い池に身を投げた娘であると語る。

(16) そして、これを説話化したものとして、今昔物語集巻第五第一および宇治拾遺物語第九十一があり、作り物語のなかに組みこんだのは、うつほ物語「俊蔭」巻の俊蔭漂流譚である。このほか、観音が海を渡す説話に、日本霊異記上巻第六およびそれに依拠する今昔物語集巻第十六第一、日本霊異記上巻第十七およびそれに依拠する今昔物語集巻第十六第二、本朝法華験記巻下第一〇七およびそれに依拠する今昔物語集巻第十六第二十五など少なくない。

(17) この伝承は、平家物語巻第三「足摺」に「昔早離・速離が海岳山へはなたれけむかなしみ」と言及され、太平記巻第十八にも引用がある。

(18) 捨てられる継子は、草案集の場合一人、月日の本地の場合兄弟二人という点に、観世音菩薩浄土本縁経との遠近が表れているが、ともに故母による救済がもたらされる一致を見過ごすことはできない。説法と物語草子の交渉が想定される。この問題については、岡見正雄「説教と説話——建保四年写明尊草案集中の一説話の釈文——」(『国語国文』第二六巻第八号 一九五七年八月)、畑中栄「草案集研究——第八巻の説法とその伝承——」(『金沢大学国語国文』第一〇号 一九八五年三月)に論じられている。

(19) この伝承に関しては、簗瀬一雄『説話文学研究』(三弥井書店 一九七四年)「山陰中納言物語考」に整理がなされ、池上洵一「藤原山蔭説話の構造と伝流」(『講座平安文学論究』第四輯 一九八七年六月)に構造、生成基盤、流伝が論じられている。

(20) 継子物語と観音の関係については、森正人「鎌倉・室町物語と説話——十三歳の継子の姫君によせて——」(『説話文学研究』第三一号 一九九六年八月)参照。

第六章　檜垣の媼の歌と物語
――伝承の水脈――

一　はじめに――水を汲む媼

水汲みの芸能

能「檜垣」は、白拍子の亡霊が救済を求めて白川の水を汲むという曲である。一曲の主題は、水を運び水を汲む所作と、意味は朦朧としてしかし耳について離れない「みつはぐむ」という不思議な言葉に担われる。

前場では、シテの老女が肥後白川の水を桶に汲んで、岩戸の観音に捧げるべく山道を運び上げる。足弱の老女が水を運ぶのは、「せめてはかやうのことにてこそ、少しの罪をも逃がるべけれ」と期待するからであった。岩戸に参籠する僧に問われて、昔筑前に住んでいた白拍子で、後撰和歌集の「年経ればわが黒髪も白川のみつはぐむまで老いにけるかな」という歌を詠んだと語り、「わが跡弔《と》ひて、賜《た》び給へ」と訴えて失せる。

後場は、時間をさかのぼるように、運ぶべき水をつるべで白川から汲み上げる様がシテにより演じられる。この曲の趣向の一つが、水汲みの所作を演ずることにあったと断じてもあやまたないであろう。中世には、水汲みのわざがしばしば歌謡として歌われ、物まね芸として演じられていたことはよく知られている。能から例示すれば、「松風」では松風と村雨という海士の姉妹の潮汲みが演じられ、狂言には「御茶の水」あるいは「水汲新発意」がある。「檜垣」もまた「水汲みの芸能群」(1)に属する。

白拍子としての檜垣の女

ただ、「檜垣」が「松風」と異なるのは、同じ亡霊ながら若い盛りの白拍子としてでなく、老い衰えてしまった老女の姿で水を汲むところである。その点は、能「融」のなかで源融の大臣の亡霊が老翁の姿で潮を汲むのと相通ずるところがある。水汲みは老い人にとってとりわけ辛苦を覚える仕事であって、老衰の痛ましさが強調されることになる。檜垣の女が老女として登場するのは、本説に強く規定された結果ではある。しかも、能において汲まれるのは「執心の水」であり、「舞女の誉世にすぐれ、その罪深きゆゑに」「熱鉄の桶を担ひ、猛火のつるべを掛けて」汲む。そのために「その水湯となつてわが身を焼くこと隙《ひま》もな」いとされる。

こうした造型は、著名な女性をシテとする能に見られる類型であって、伊藤正義は、能「檜垣」の女には小町の面影を重ねてあると指摘する。(2)すなわち、檜垣の嫗を舞女・白拍子とする理解については、「肥後の国の遊君檜垣嫗は、老後に落魄する者なり」(袋草紙上巻、読み下し)、「肥後の国の遊君檜垣嫗は後撰集に入り」（十訓抄第十―五十）という檜垣像を介して後撰和歌集を素材とした可能性もありえようと推測する。そのうえで、「檜垣」には百歳の姥の小町のイメージを「顕わならぬようにふまえ、むしろ、ふまえてはずす計らいが見受けられる」として、至って精妙な解釈を提示している。

二　能「檜垣」の嫗の原像

後撰和歌集の詞書と歌

能「檜垣」が本説としたのは、後撰和歌集巻第十七雑三の歌と詞書である。

筑紫の白川といふ所に住み侍りけるに、大弐藤原興範の朝臣のまかりわたるついでに、水たべむとてうち寄りて、こひ侍りければ、水を持て出でて詠み侍りける　檜垣の嫗

年ふればわが黒髪もしら川のみづはくむまで老いにけるかな

かしこに名高くこと好む女になん侍りける。

これとよく似た歌と物語が大和物語第一二六段と檜垣嫗集に載る。大和物語では、藤原純友の乱により家や家財を失って零落し、水を汲み運んでいるところを大弐小野好古に見られ、呼び寄せられたけれども恥じて姿を見せずに歌を詠んだとする。歌は、

むばたまの我が黒髪はしらかはのみつはくむまでなりにけるかな

とあり、歌句にも多少の相違がある。

檜垣嫗集では、落ちぶれた嫗が水を汲もうと道に出たところに国の守と出会い、隠れる所もなかったので、川岸に桶を置いて座って歌を詠んだとする。歌は、

　老いはてて頭の髪もしらかはのみづはくむまでなりにけるかな

と、後撰和歌集とも大和物語とも少し異なる。また、歌を詠む相手の国の守がどの国の誰であるかは記されていないけれども、檜垣嫗集の冒頭に「清原元輔、国の守になりて、年いたう盛り過ぎたる時」に始まる詞書と歌が載り、これと関連づけることができるならば、寛和二年（九八六）に肥後守となり永祚二年（九九〇）に肥後で没した清原元輔を充てることもできる。そうであるとしても、またそうでないとしても、檜垣の嫗が歌を詠む相手の男の九州滞在時期は資料によって表の通り七、八十年の時間的隔たりがある。一般的には成立時期の古い、権威ある勅撰和歌集の記述を事実とする、あるいは事実に近いと見るべきであろうが、檜垣の嫗は後撰和歌集も含めて伝承のなかで造型された人物であったであろう。

表

作品名	詠みかける相手	時　期	嫗の振る舞い
後撰和歌集	藤原興範	九〇二年～／九一一年～	水を持って出て
大和物語	小野好古	九四一年	恥じて出てこずに
檜垣嫗集	肥後守（清原元輔か）	～九九〇年	隠れようとして隠れられず

（注）藤原興範は二度太宰大弐に任ぜられている。

中世的檜垣像の背景

能「檜垣」の檜垣の女像は、本説の後撰和歌集における檜垣の嫗とは重ならないところがある。作者の世阿弥が、大和物語と檜垣嫗集を見なかったともいえないけれども、直接参照した跡もまたない。「檜垣」では前シテに「昔筑前の太宰府に、庵に檜垣しつらひて住みし白拍子、後には衰へてこの白川のほとりに住みしなり」と語らせる。「庵に檜垣しつらひて」とか白拍子であったとかは、後撰和歌集はもとより大和物語からも檜垣嫗集からも導き出すことはできない。大和物語では「檜垣の御」と呼ばれ、零落する以前は家や家財を所有していたとされるところから、むしろ相当の身分の女として造型されている。(3) たとえば大和物語で「御」を付して呼ばれるのは、宮仕えの女房や貴族の妻である。

それでいて、こうした中世的檜垣像がかたちづくられた理由はいくつか考えられる。

第一に、後撰和歌集の左注に「こと好む女」とあり、大和物語に「いとらうあり、をかしくて、世を経ける者」と評されていることである。もの慣れて風流にふるまうという評は遊女を連想させたのであろう。第二に、九州にあって都の貴人と歌をもって交渉する女といえば、帰京する太宰帥大伴家持に別離の歌二首を贈ったという遊行女婦の児島（万葉集巻第六）を想起させる。第三に、遊女は小舟に乗って旅人の舟に近づいて誘い、川岸に軒を連ねる宿に顧客を迎えたから、川のほとりに住まう檜垣も遊女と見なされやすかった。第四に、美しく恋多き女、歌詠みとして名を馳せた女、あるいは華やかな宮廷生活を送った女が、老いて零落し流浪する姿は中世の文学と芸能にくりかえし描き出され、能の檜垣像がその系譜下にあることは言うまでもない。小野小町、清少納言、和泉式部など。そして、能や御伽草子類ではこれらの女達は「優女」あるいは「遊女」と呼ばれる。白拍子としての檜垣の女の設定はこれに連なる。

三　「みづはくむ」遡源

後撰和歌集「みづはくむまで」歌の含意

能「檜垣」を含めて中世的檜垣像が広く流布し定着したためであろう、後撰和歌集、大和物語、檜垣嫗集における檜垣の嫗像理解を方向づけたばかりでなく、歌を始めとする作品本文の解釈に偏向を作ってしまったと言わざるをえない。

たとえば、後撰和歌集の歌に対して新日本古典文学大系『後撰和歌集』脚注は次のように説く。

「黒髪」の黒と対照して「白河」と言ったのである。「落ちぶれて白河の水を汲むまで」という意と「瑞歯ぐむ」（老い果てて歯が抜け落ちた後に再びみずみずしい歯が生えて来る状態をいう）を掛ける。

ここに「落ちぶれて」という原文にない意味を補って解釈することについては、歌の背景に関する脚[4]

注「水を汲むまでになり、また瑞歯ぐむまでに年老いたというのであるから、往事は、水汲みなどしない立場にあり、若々しく美しかったということを前提にしている」によって説明が与えられているかのようである。しかし、それはやはり拡大しすぎであろう。水を汲む行為を零落と解するのは、大和物語、檜垣嫗集の状況設定、あるいは中世の檜垣の嫗像を逆に投影した結果ではないか。

たしかに大和物語の檜垣の嫗は、小野好古に水汲みの姿を見られて呼び寄せられるけれども「恥ぢて来で」歌を奉ったという。嫗は老衰と零落の境遇を恥じたわけで、歌にもまたそのことが詠み込まれていると認められる。檜垣嫗集では、水汲みの姿を国の守に見られ、身を隠そうとしたが隠れるところもなく、事情を問われて「思ひわびて」歌を詠んだとされる。能「檜垣」における後場の嫗は、舞女の名声が勝れていたためにその罪により苦しみを受けていると訴え、白川の水に映る老衰の影を見ては「変はりける身の有様」を悲しんでいる。

これらに対して、後撰和歌集の檜垣の嫗は、隠れもせず恥じもせず、むしろ進んで「水を持て出て」詠んだとする。この設定の相違は、歌の解釈に考慮を払わずにすまされない。もちろん「水を差しあげるのが若い娘でなくて申し訳ありませんとの謙退」（工藤重矩『後撰和歌集』和泉書院　一九九二年）という趣意までは汲み取ることができよう。しかし、「老いにけるかな」という句そして一首全体から、単純に嘆老と謙退のみを読み取ってはたしてそれで十分であろうか。

歌語「みづはくむ」

檜垣の嫗の歌に詠み込まれ、能にも言及されている「みづはくむ」という言葉は難解である。というより、南北朝時代になるともう意味が分からなくなっていた。能「檜垣」に「そもみつはぐむと申すは、ただ白川の水にはなし、老いて屈める姿をば、みつはぐむと申すなり」と説明していること自体、そのことを示している。この言葉は、面白いことに日葡辞書に登載されている。それによれば、「老人などが、猫背になって身体が折れ曲がっていること、あるいは萎縮していること、詩歌語」(『邦訳日葡辞書』岩波書店)とある。ポルトガル人の宣教師たちに必要な言葉とも考えにくいが、こうした辞書にまで載るのは、能「檜垣」の影響力の大きさであろう。

南北朝時代以降は「みづはくむ」という語が使用語彙でなくなっていたということは、源氏物語注釈の対象となっていることからも明らかであり、この言葉についての理解は、もっぱら源氏物語の注釈によって受け継がれてきたと見なされる。源氏物語「夕顔」巻に、「惟光が父の朝臣の乳母に侍りし者のみづはぐみて住み侍るなり」という表現があり、これについて河海抄は次のように説明する。なお説明の便宜のために区切って番号を付す。

①或支離
②日本紀曰、水神罔象女《みつはのめ》、罔象、此云美都波、伊弉諾尊所生神也、髪白て老軀体也といへり
③年ふれは我くろ髪もしら河のみつはくむまてなりにける哉　後撰檜垣女

④一説、年よりぬれば、腰かがまり背くぐまりて二の膝とがりいでたるなかに頭交はりて三の輪を組み入れたるが如くなり云々

①については、色葉字類抄に「支離　ミツハサス／ミツワクム／私云ミツワクム」とある。「支離」という漢語は身体が各部位が離ればなれになって整っていない様を表すところから、「みつはくむ」という和語と結びつけられたのであろう。また、④の説は、あくまでも一説として、しかし多くの注釈書に引かれ、江戸時代まで継承される。能「檜垣」の説明もおおむねこの系譜下にあるといえよう。

類似形「みづはさす」

中世の源氏物語注釈を少しさかのぼってみよう。十一世紀半ば頃まで活躍した能因による能因歌枕には、「みづはさすとは老いかがまるをいふ」と説明している。「みづはくむ」とは少し語形が異なるけれども、同語と見なされていた。そして、実際の用例もある。今鏡の語り手の老女は「みづはさしたる女」として登場し、鴨長明の無名抄には、道因という九十歳ほどの歌詠みを「みづわさせる姿」と表現する。また、十一世紀半ば頃に成った本朝法華験記巻下第八十二に増賀聖人の伝があって、聖人は臨終に次のような歌を詠む。

美豆和佐須也曽知阿末里能於伊能奈美久良計能保禰耳阿布曽宇礼志幾［みづわさす八十余りの老いの波くらげの骨に遇ふぞ嬉しき］

本朝法華験記に依拠したと見られる今昔物語集巻第十二第三十三には、初句は「美豆波左須」と表記され、これが大江匡房の続本朝往生伝では、「水輪指」とも「支離」とも表記される。

「みづはくむ」「みづはさす」あるいは「みづわさす」が、はなはだしく老いている様を表すことは用例と文脈から読みとれるものの、平安時代中期には理解語彙ではあってもすでに使用語ではなかったのではないか。源氏物語「夕顔」巻のような用例がほかに見当たらず、もっぱら歌に用いられるからである。

冷泉院、東宮と申しける時、女の、石井に水汲みたるかた絵に描きたるを詠めと仰せられければ、

源重之

年を経てすめる泉に影見ればみづはくむまで老いぞしにける

（後拾遺和歌集巻第十九雑五）

花山院にて三首／翁、水汲むところ

底ひなき岩井の清水君が世にいくたびみづはくまむとすらむ

（大江嘉言集）

冷泉院の東宮時代は即位の康保四年（九六七）以前、大江嘉言は寛弘七年（一〇一〇）頃まで生存していたと認められる。

これらの用例を通じて、十一世紀半ば以降から「みづはくむ」から「みづはさす」に語形が変化し交替したようにも観察される。

「みづはくむ」の原義

「みづはくむ」「みづはさす」の語義の考証に関しては、中島廣足の橿園随筆「みつはくむの歌の事」が最も詳細である。廣足には檜垣家集補註の著があり、そこでは賀茂真淵の説に拠っているが、随筆にはそれを改めて谷川士清、清水濱臣の説に従っている。橿園随筆に「清水濱臣、みづはくむの考に云」として引用される結論部分は次の通りである。

今もまま、六七十ばかりの老人などの上下の歯みな落て、跡にさらにちひさき歯の、細くはゆる事ある也。そは寿祥なれば、瑞穂国、瑞籬、瑞殿、瑞柏などの例の如くほめていふにて、瑞歯とはいふなるべし。常に異なる歯を瑞歯といへる事は、反正《はんぜい》天皇の御諱《いみな》を瑞歯《みづは》別《わけ》と申し奉りしも、常の歯とはことにして、めづらしき御歯なりしより、名づけ奉りし也。さて、ミヅハクムとも、ミヅハサスともいふは、くむは含にて、草木の芽《め》含《ぐむ》を、ただくむともいひて、「つのくむあし」などいふ、此心におなじ。さすは萌《キザス》にて、みづえさす、若葉さすなどいふに同じ。されば、くむもさすも、みづ歯のはえかかるさまをいふ也。（橿園随筆）

すなわち、「みづは」とは老人になって永久歯が抜けたあとに三たび生えてくる小さな歯のことで、長寿の相と賞賛して「瑞歯」と称し、「くむ」は「芽ぐむ」と同根、「さす」は「萌す」と同根で「生えかかる」意であると説明している。

考証の過程で、士清も濱臣も「瑞歯別」＝反正天皇の名に言及して、補強を試みている。古事記下巻によれば、この天皇は歯の長さ一寸、幅二寸、上下同じ大きさで整って、珠を貫いたようであったという。日本書紀巻第十二には、「生《あ》れましながら、歯一つ骨の如し」とする。この説の合理性はたしかにどの説よりもまさっている。

一方、日本書紀は、瑞歯別天皇の誕生に続けて特色ある歯と容姿の美しさを述べて、次のように続ける。

> 是《ここ》に井有り。瑞井と曰ふ。則ち汲みて太子を洗《あむ》しまつる。時に多遅《たぢ》の花、井の中に有り。因《よ》りて太子の名とす。(中略) 故《かれ》、多遅《たぢ》比瑞歯別《ひのみつはわけの》天皇と称《たた》へ謂《まう》す。

美しい歯にちなむ名とは異なる命名伝承である。その尊い名は、「瑞井」の水と、そこに生えていた植物に由来するという解釈を呼び起こす。すなわち「みつは」とは新鮮な水の湧く井の中に生えている「水葉」すなわち水草、そして「瑞葉」すなわち若々しく生命力あふれる植物の葉でもあった。古代人は、「みつは」あるいは「みづは」に「瑞歯」と「瑞葉」の二つの意味の響くのを聴き取っていたのではないか。「芽ぐむ」も「萌す」も、そしてこれらに類する「角ぐむ」「根ざす」も、植物の生命力がその内部から発動し、外に現れようとする様を表す語であった。

その原義あるいは本義はもはや分からなくなっていても、「みづはくむ」「みづはさす」という言葉がもともと水と縁の深い語であるというかすかな感触の記憶は、平安時代の人々にも失われていなかったのであろう。この言葉を含む歌が、井戸や泉や川のほとりで詠まれていること、増賀聖人の歌に

「水輪指」という表記が選ばれていること、「波」「くらげ」などの語が縁語として詠みこまれているところにそれはうかがえる。

こうして、「みづはくむ」を詠みこむ歌が水のほとりを離れようとしないのは、単に「水は汲む」と掛けて用いることのできる語形にばかりあったのではあるまい。河海抄が、②にイザナミの神の生んだ水神「罔象女《みつはのめ》」(日本書紀巻第一)を引くのも、牽強付会とは言えない。この言葉は、水の霊妙な力、生命を維持し更新する力の意を喚起するものではなかったか。

四　檜垣の嫗の詠歌の本意

嘆老にこもる長寿の喜び

そこで、改めて大江嘉言集の歌に立ち返ってみよう。この歌は、翁がみずからの老いを水に映しては、泉の水を長く汲み続けてきたことを回顧し、これからも続く君の世の長さをことほぐものである。水が長寿をもたらすことは、源重之の歌からも読みとれる。この二首の歌には老いを嘆くとともに長寿の喜びがひそかにこめられていたのであった。しかも、老い人の歌は貴人に向けて詠まれている。源重之は皇太子時代の冷泉天皇に命ぜられて詠み、大江嘉言は花山院御所の主「君」の世の長さを讃えている。

こうした視線は、後撰和歌集の檜垣の嫗の歌にも向けられなければならない。重之、嘉言の歌は、後撰和歌集以後に、おそらくは檜垣の嫗の歌を意識しつつ詠まれたと見なされる。そうであっても、またそうでなくとも、老い人の水を汲む行為と「みずはくむ」という語とは取りあわせて詠むことが類型化されていたと認められる。しかも、その歌は高貴な人に向けて、その人の長寿を願い、すこやかさを讃える心をこめて詠まれるものであった。

ここで改めて後撰和歌集に目を向けてみると、詞書には、檜垣が零落したとは記されていないし、嫗自身水を汲むことを恥じてもいない。水は、それを所望する都の貴人に捧げられたのであった。汲む水にみずからの姿を映してうわべは老いを嘆きつつも、そこに同時に長寿の喜びを伴わせているとすれば、霊力ある水を口にする貴人の永遠の繁栄を祈願し祝福したことになるのではないか。

貴人に捧げる水

ここで、地方の女性が都の貴人に水を捧げる類例を検討すべきであろう。

安積山影さへ見ゆる山の井の浅き心を我が思はなくに　（万葉集巻第十六　三八〇七）

この歌について次のような左注がある。

葛城王が陸奥国に遣わされた時、国司の接待が粗略であったために、王は機嫌を損ねた。そこで、かつて采女であった者が左手に盃を右手に水を持ち、王の膝を打ちながら、この歌を歌ったところ、王の心が解けて歓楽を尽くしたという。

貴人に水を捧げる行為は、特別な意味を持っていることがうかがわれる。水を捧げることによって遠来の客人を歓待する、あるいは地方に住む者が中央の支配者に恭順の心を示すものであったと考えてよい。その時に捧げられるのは単なる水でなく、霊力のこもる水でなければならない。

多田一臣『万葉集全解』（筑摩書房）は、この歌の伝承について、酒宴の場で采女が天皇の怒りを鎮めたという雄略記の伝承と骨格を共通にすると指摘したうえで、折口信夫の「水の女」（『折口信夫全集　第二巻　古代研究（民俗学篇１）』中央公論社　一九九五年）を踏まえながら、次のように説く。

「采女」は水司や膳司に配属されたが、井の聖水に奉仕する「水の女」としての役割がその職掌の一端であったらしい。もともと聖井には、来臨する神を迎える巫女が奉仕しており、右の「采女」の役割はそれにも通ずる。

この趣旨を酌むならば、後撰和歌集において檜垣の嫗が汲み上げたのも不老長寿、若返りをもたらす聖なる水でなければならない。水の霊力は、まさに水を汲み、水を捧げる檜垣の嫗自身が体現しているではないか。時が降り、老人が水を汲み捧げることの本来の意味は分からなくなっていくとしても、「みづはくむ」という言葉は、その原義をかすかに響かせ続けていたであろう。そのような意味で、檜垣の嫗も水の女の一人にほかならない(5)。

注

（1）橋本朝生『狂言の形成と展開』（みづき書房、一九九六年）Ⅲ六「〈お茶の水〉と〈水汲新発意〉――その形成と展開――」。
（2）新潮日本古典集成『謡曲集　下』（新潮社　一九八八年）「檜垣」頭注および各曲解題。
（3）はやく檜垣嫗集の検討を通じて、西丸妙子「『檜垣嫗集』成立考」（『古代文化』第三五巻第七号　一九八三年七月）、工藤重矩「檜垣嫗集――非遊女歌集のこと」（『和歌文学とその周辺』桜楓社　一九八四年）等が、古代の檜垣の嫗を遊女とする扱いに批判を呈していたが、長い間容れられなかった。
（4）木船重昭『後撰和歌集全釈』（笠間書院　一九八八年）も同様である。
（5）檜垣の嫗の聖なる側面については、本書第五章2「龍蛇・観音・母性――説話の変奏と創作――」にも述べている。

第七章　講義「水の文学誌」
——実践の記録——

一　はじめに——問題の所在

教養教育における講義形式の授業

教養教育における講義形式の授業は、概して受講生も多く、週に一度教室で顔を合わせるのみの教師と学生の関係は希薄のままに終わってしまう。授業は教師の一方的な説明に終始しがちで、単調に陥りやすい。教師の教育目標と学生の関心とがすれ違ってしまうと、受講生は退屈さに引き込まれ、一方教師は受講生の反応の鈍さに手応えのなさを覚え、双方のいらだちが募る。こうした条件のもと、教養教育における講義形式の授業はどのような目標を掲げ、どのような内容と方法で行えばよいのであろうか。

私は、熊本大学で平成六年度（一九九四）から平成十五年度（二〇〇三）まで実施されていた一般教育の教育課程[1]のうちの「教養科目」、そのなかの「個別科目」、それがまた下位分類されているうちの「主題別授業科目（コア・カリキュラム）」を担当してきた。もう少し具体的にいえば、主題別授業科目は関連深い授業科目をコアと呼んで組織化し五つの群に編成したもので、「Ⅰ．自然と情報」「Ⅱ．人間と行動」「Ⅲ．社会と歴史」「Ⅳ．思想と文化」「Ⅴ．環境と生活」から成り、担当したのはコアⅣに属する「日本の文学」であった。

この間、受講する学生の反応を見ながら、授業内容、授業方法、テキストに変更を加え続けてきた。そして、大学設置基準のいわゆる大綱化以後、平成六年度に新しい教育課程に移ってからは、テキスト講読を中心とする授業から、テーマ別日本文学史とでも呼ぶべき授業に転換した。たとえば鬼、夢、鏡、異境など、特定の素材を選んで種々の文学作品から関連する部分を抜粋して教材とし、そのテーマをめぐる思想、宗教、文化、人間の想像力およびその表現の相を古代から近代まで、あるいは逆に近代から古代へたどるのである。この方法によると、授業を常にテーマに収斂させることができ、同時に和歌、物語、日記、説話、軍記、小説などさまざまのジャンルの文学に触れさせることができる。

しかし、授業のテーマと個別の教材との関係を的確に把握することは、大学に入学したばかりで、こうした形式の授業に慣れていない学生にとって容易なことではない。また、学期末試験の答案を採点してみると、講義を聴いて理解するとともに自分の頭で整理し、それを自分の言葉で記述するのは、さらに難事であるらしいと見受けられた。論述を求めている問題に対して、箇条書きによる解答があり、はなはだしきは単語の羅列という答案さえかつてはあった。

二　授業中の小レポート

授業中に課する課題

こうした状況に鑑みて、主題別授業科目（コア・カリキュラム）の導入以後は、授業中に時間を割いて学生に小さなレポートを書かせることを試みてきた。

小レポートは、授業終了前の十～二十分を用いて、教師が当日の授業内容に関連する課題を受講生に提示し、配布した用紙に解答して提出してもらう。課題は、たとえば授業の内容をふまえて、それをさらに受講生自身の考えによって深め広げる、あるいは教師が方向性のみを示して最終的な説明を残した問題について受講生が結論を導き出す、あるいは複数の考え方がある場合、そのいずれが適切か根拠を挙げて説明する、などを求めるものである。小レポートを課する日は、授業の開始時に予告しておく。ただし、課題は授業の成り行きによって決める。授業終了間際にこうした課題を提示すべく授業を進行させるのがむずかしい場合は、授業の途中に小レポート作成の時間を設け、回収した後はさらに授業を続ける。用紙は二〇〇字詰め原稿用紙を用いるが、升目を無視して書いてよろしいと指示する。

提出された小レポートは、教師が添削し、簡単な意見や感想を書き添えて、五点満点で評価して次週の授業で返却する。この評価は、学期末の成績評価に加える。また、提出されたレポートのうちから五つ程を選んで電子入力し、受講生の所属学部や氏名は伏せてA４判一枚に印刷して配布する。選定するのは、最も多数の受講生が解答した標準的な意見の代表例、最も高い評価を与えた解答のうちから一つ、その他には個性的なもの、独創的なもの、あるいは問題をはらんでいるものなどである。教師はこれを用いて、課題について改めて趣旨説明をし、解答の傾向等について紹介するとともに、選定した解答例に解説、補足、意見を加える。十五回の授業のなかで、こうした小レポートを三、四度課することにしている。(2)

小レポートの効用

この小レポートには、いくつかの教育上の効果があることを確かめている。

第一に、小レポートを課することを予告して授業を行うと、受講生は注意を集中させて聴講する。第二に、レポートは教師の講義をなぞる以上のことを求められるわけで、受講生は教師の講義内容を整理し確認したうえで、自分の持ち合わせの知識、読書体験、問題意識とつきあわせて新しい思考へと踏み出すことができる。第三に、この小レポートによって、教師は受講生の授業理解の程度を知ることができる。期待される水準の解答がなかったり少なかったりすれば、ただちに教師は授業内容、授業水準について見直しを行わなければならない。また、受講生の関心のありかも把握されるので、教師は教材を選択して提示する参考にすることもできる。要するに、小レポートを介して教師と受講生との間には対話に似たものが成り立つ。第四に、学期末の試験にはこの小レポートに関連した問題を出すことも関係するであろうが、試験の答案の質が明らかに向上した。従来のように、箇条書きのような答案を見ることはない。

こうした授業法は、受講生にもおおむね肯定的に受け止められている。最終回の授業に受講生に無記名で書いてもらう意見や感想にも、それはうかがえる。たとえば、

ⓐ水の文学誌と聞いて最初はどういうものを扱うのかわかりませんでしたが、思っていた以上におもしろい内容でした。問題を出し、その解答を集めて良いものを配っていただけるシステムがよかったと思います。一つ一つ採点しながら見るのは大変かと思いますが、是非続けてほしいやり方だと思いました。半期だけでしたがありがとうございました。

ⓑまず、授業形態がとても良かったと思う。講義内容もとても興味深かったし、何より自分が考え、書いたものに何らかの注釈が入って返ってくるのは実に有意義だった。講義中で取り上げられた時はもちろんのことだが、そうでなくとも他の人の意見やそれに関する解説を聞くことで思考の幅が広がったように思う。内容も本当に興味深く、「火などに注目して作品を読み解くとどうなるだろう」など思うことがあった。

三　「水の文学誌」における道成寺物語

平成十五年度「水の文学誌」

受講生が授業中に書いて提出する小レポートは、いくつか選んで印刷配布し、教師がこれに解説、補足、批評を加えることによって、教材に転換していく。こうした機能に注目することによって、小レポートをいっそう積極的に授業展開に生かすことができるのではないかと考えた。その試みを平成十五年度の授業で実践したので、報告して大方の参考に供するとともに、批判を得て改善に努めたい。

授業科目名は日本の文学E、授業テーマ名は「水の文学誌」、開講は後期金曜日三時限目。授業計画（シラバス）の一部を抜き出せば、次の通りである。

授業の目標　水にかかわる日本文学を読み解くことを通して、日本人の水に対する観念、想像力の働き、水に関する信仰や習俗を導き出すとともに、それらについての表現の特徴を明らかにする。

授業の内容　1、水の文学誌への案内
2、泉に天降る羽衣の天女――風土記
3、肥後白川の水汲む檜垣の嫗――後撰和歌集・大和物語
4、東山の石井のほとりの別れ――更級日記

5、日高川を泳ぎ渡る執念の蛇体――道成寺縁起
6、夏目漱石のオフェリア幻想――草枕

キーワード　日本文学、水、和歌、物語、説話、小説

評価方法　学期末の筆記試験及び授業中に書いて提出する小レポート。

受講生は四十八人、一年次生が最も多くて三十八人、二年次生二人、三年次以上八人であった。所属学部は文学部が最も多く、二十一人。残りは薬学部を除く五学部から数人ずつであった。

おおむね授業計画に沿って進めたけれども、若干の変更が生じた。以下に述べるところは、その変更にかかわる。

教材・道成寺説話

項目5については、教材として次のように「資料4」と番号を付してA5判二枚のプリントを配布し、教室で受講生に見せるために道成寺縁起絵巻（道成寺蔵）のカラー写真の載る本を用意した。

水の文学誌（資料4）　日高川を泳ぎ渡る執念の蛇体――道成寺縁起

Ⅰ　〈道成寺〉物語の主要資料と概要

①本朝法華験記巻下第一二九　②今昔物語集巻第十四第三　③探要法花験記巻下第四十二　④元亨釈書巻第十九・釈安珍　⑤道成寺縁起絵巻　⑥賢学の草子　⑦日高川の草子　⑧道成寺物語　⑨能「鐘巻」「道成寺」　⑩山伏神楽「金巻」

本朝法華験記　〔　〕内は今昔物語集

①熊野参詣の山伏、宿の女に恋慕される。山伏は下向のおりに寄ると約束する。

②その日を心待ちにしていた女、道行く人より、かの山伏はすでに下山して通り過ぎたことを聞く。

③女は離れ屋に入り大毒蛇となる。〔大ニ嗔《いか》リテ家ニ返テ寝屋《ねや》ニ籠居ヌ、音セズシテ暫ク有テ、即チ死ヌ。〕家から出てきた毒蛇は山伏を追いかける。

④山伏は道成寺に逃げ込み、下ろした鐘の中に隠れる。

⑤蛇は鐘に巻きつき尾で龍頭を叩く。山伏は鐘もろとも焼き殺される。蛇は去る。

⑥道成寺の老僧の夢に、大蛇が現れ、「〔其ノ毒蛇ノ為ニ被領《りやうぜられ》テ、我レ、其ノ夫ト成レリ。〕法華経を書写し供養してほしい」と訴える。

⑦老僧が、諸僧とともに法華経を書写供養すると、善根によって、二蛇は天に生まれたと夢告があった。

Ⅱ　仏教的龍蛇観

（省略）

Ⅲ　道成寺縁起絵巻
①其の時きぬを脱ぎ捨てて大毒蛇となりて此の河をば渡りにけり。
（以下省略）

道成寺縁起は、こう呼ぶよりは安珍清姫の物語といったほうが通りのよい、数十年前までは広く知られていた物語である。女に言い寄られた美男の僧が、後日の逢瀬を約束しながら、それを守らなかったために、女は蛇になって僧を追いかけ、紀州道成寺の釣鐘の中に隠れた僧を煩悩の火によって焼き殺してしまうというストーリーである。今からおよそ千年前の文献に載り、表現の媒体を変え、宗教的、文化的背景を変えつつ改作され、現代まで継承されてきている。そのため、日本文学研究の分野を中心に相当の研究が積み重ねられてきている。(3)

講義は、まず「水の文学誌（資料4）」のⅠに基づき、道成寺説話が平安時代から近代に到るまで仏教書、絵巻、草子、演劇などさまざまな媒体によって表現され、伝承されてきたことを概観し、最も古い本朝法華験記を中心に梗概を示した。これが、愛欲と忿怒のために蛇道に堕ちた者を法華経書写の功徳によって救済する物語として語られていることに注意を向け、Ⅱにおいて、仏教では蛇や龍が罪障の象徴とされていることを、法華経、往生要集、今昔物語集巻第十四第四によって示した。

続いて、Ⅲに道成寺縁起絵巻の詞章を掲げ、特にこのテクストでは、僧を追いかける女が家の中でなく川のほとりか川の中で大蛇となって泳ぎ渡ったと記述されていることに注目させた。こうした語りかたは、Ⅰに示した⑥賢学の草子、⑦日高川の草子と同様であることを、「水の文学誌（資料４）」Ⅳをもって指摘したうえで、道成寺縁起絵巻の絵では、僧を追いかけて道を走る女が次第に大蛇に変じていく、その変身の過程を数段階にわたって描いていることを確認し、その意図についても説明を加えた。

「水の文学誌（資料４）」Ⅴには能「鐘巻」の詞章の一部を掲げ、これを改作した能「道成寺」とあわせて紹介した。二つの能は道成寺縁起の後日譚で、かつて大蛇になって僧を鐘もろとも焼き殺して悪道に堕ち、法華経の力によって救済されたはずの女が、白拍子となって道成寺の鐘供養の場にやって来る、隙をついて鐘の中に飛びこみ蛇に変身してふたたび出現するというものである。能「鐘巻」「道成寺」については、鐘の中で蛇への変身が行われていることに注目し、道成寺の物語は後日譚とも蛇への変身が繰り返されるところに大きな特徴があることを強調した。

四　小レポートの紹介配布と追加の教材

課題と解答

以上の内容を二週にわたって講義したうえで、受講生に次のような課題を示して小レポートの作成を指示した。

鐘の中と離れ屋とが変身の場となるのはなぜか。川の水が変身を促すのはなぜか。説明の時間が十分に取れなかったこと、課題がやや抽象的でしかも問題が多岐にわたることから、小レポートの作成には相当難渋している様子が見えた。しかし、そのためにまことに多様な解釈が見られた。次の週には、受講生のレポートから抜粋して次のようなプリントを作成して授業で配布した。

水の文学誌（資料　番外3）

鐘の中と離れ屋とが変身の場となるのはなぜか。川の水が変身を促すのはなぜか。

Ⓐ鐘の中と離れ屋。これらは、どちらも閉鎖的空間である。暗く、狭く、湿り、明るいものや美しいものとは対極をなす。このような空間において、女のどろどろと黒い欲望や醜さがこごり、蛇という形を為していくのである。外からはその誕生と形成を明確に知ることはできず、これは邪悪なものが身に宿るのは意識的でない、ということも暗示する。この二つの場所、つまり闇において邪悪が形となった蛇はまさに仏教的龍蛇観に基づくものである。いわばヒトの醜さの結晶であり、ヒトでないにも関わらず極めて人間臭さを感じさせる。対して、川の中での蛇への変身には、あまり邪悪さや醜さが感じられない。汚れを落とす流れと悪のイメージが結びつかないのだ。その為に絵巻では道中における変身が描かれているのではないだろうか。その方が、より当時のイメージであった邪悪の化身としての蛇を強調できるから。（下略）

Ⓑ人面蛇身、蛇身の男女といった事柄に、私はまず女媧と伏羲を連想した。蛇や龍蛇という存在には罪だけでなく、人を超えた神的なイメージも付随しているのではないかと思う。そこで私は、変身とはすなわち「超越的存在の誕生」と捉えられないかと考えた。誕生であれば離れ屋（寝屋）が変身の場となる事も納得がいくのではないだろうか。誕生、出産のイメージが寝屋にたどりつくのは容易い。鐘も、閉鎖された暗い空間でありどこか胎内を象徴しているように思われるし、水は羊水につながる。そもそも水は、生命に必要不可欠なものであるし、蛇は水中を泳ぐので結びつきやすかったということもあるだろうが、私はこのように寝屋、鐘、水はどこか母胎のイメージでつながっているように思えたし、そこには母性のもつ「呑みこんでしまう」性質があるように思えた。

Ⓒ（上略）私は人間が蛇に変身するのは悪いことだとは思わない。なぜなら人間のままだと執心に苦しむが、蛇になったら理性も失い思い悩むこともなくなるだろうと思うからだ。水は人間の苦しさを洗い流して蛇に変身させる力を持つと考える。

Ⓓ鐘の中や離れ屋などの閉じられた空間が変身の場となる理由は、「変身」といえば隠れてするものというイメージがあるというのが一つだと思う。鶴の恩返しにおける変身が密室で起こるように。もう一つ私が思うのは、閉じられた空間が、「卵」のイメージなのではないかということだ。卵の中に入り、新たな別の生き物として生まれ変わるという意味があるのではないかと思う。水が変身を促す理由は、水が生命の源であり、再生の場というイメージがあるからだと思う。「水」と「閉じられた空

間」にはこの「生まれ変わり」「再生」のイメージが共通している。

これらに対してそれぞれ若干の解説を加えるとともに、これらの意見は一見対立しているように見えるけれども、解釈の水準の相違にほかならないこと、蛇への変身という要素が、異なる文化的宗教的文脈のなかに置かれると意味を変えてしまうと説明した。そして、意味を変え続けることによって、物語は千年にもわたって命脈を保つことができるのであり、また長く伝承される物語は大きな謎をはらんでいて、それが人間のありかたに対して深く問いかけてくるために、人はそうした物語を忘れることができないのであると説いた。

補足資料による展開

ただし、こうした考え方は受講生の理解しやすいものではない。そこで、次のような教材を追加して配布し、論旨の補強を行うとともに、問題を広げ深めることとした。

水の文学誌（資料5）　道成寺説話に関する補足

①天橋も　長くもがも　高橋も　高くもがも　月読《つくよみ》の　持てるをち水　い取り来て　君に奉りて　をち得

てしかも　（万葉集巻第十三　三二四五）

②（省略）

③那《あ》の流れは甚麼《どんな》病にでもよく利きます。私が苦労をいたしまして骨と皮ばかりに体が朽《か》れましても、半日彼処につかつて居りますと、水々しくなるのでございますよ。（泉鏡花『高野聖』）

④天の安の川を中に置きて、うけふ時に天照大神、先づ建速須佐之男命《たけはやすさのをのみこと》の佩ける十拳《つか》の剣を乞ひ度《わた》して、（中略）狭霧に成れる神の御名は多紀理毘売《たぎりびめ》の命。（古事記上巻）

⑤日にち積もりてみてあれば、四百四十四か日と申すには、熊野本宮湯の峰にお入りある。なにか愛洲の湯のことなれば、一七日お入りあれば、両眼が開き、二七日お入りあれば、耳が聞こえ、三七日お入りあれば、はや物をお申しあるが、以上七七日と申すには、六尺二分、豊かなる元の小栗殿とおなりある。（説経「をぐり」）

⑥その竹の中に、もと光る竹なむ一筋ありける。あやしがりて寄りて見るに、筒の中光りたり。それを見れば、三寸ばかりなる人、いとうつくしうてゐたり。（竹取物語）

⑦昔採竹翁《たけとり》ト云者アリケリ。女《むすめ》ヲ𡢳奕《かぐや》姫ト云。翁ガ宅ノ竹林ニ、鶯ノ卵《かひこ》女形ニカヘリテ巣ノ中ニアリ。翁養テ子トセリ。（海道記）

⑧（省略）

小レポートのⒶの意見は、鐘の中と離れ屋とがともに閉ざされた空間であることに注意を向け、そこで人が蛇になることの意味を読み解いている。龍蛇を邪悪で罪深い存在とする仏教的な考え方が具現されていることを、自分の感性や思考を通して自分の言葉で記述し直している。ただし、この受講生は、それと対照的な川における変身については問題の入口にとどまっている。

これに対して、Ⓒの意見はⒶと鋭く対立している。現代人にも理解しやすい仏教的蛇観を覆し、人間中心の世界解釈をみごとに相対化してみせた。なお、「苦しさを洗い流」す水の力に言及しているのは、これまでの授業のなかで、罪や汚れや災いを洗い浄める水の霊妙な働きについて教師が繰り返し言及してきたことを受けたものである。

Ⓑの筆者は相当な読書家であるらしい。離れ屋と鐘の中と水と、三つの変身の場を統一的に説明してみせた。教師のねらいがどこにあるかを十分に推し量って解答を記述している。教師は中国神話とユング心理学について補足的説明を加えるとともに、こうした考え方を補強する資料として、「水の文学誌（資料5）」の①②③を示して、川の水が、再生変身を促す力を持つと信じられていたことを示した。また、④によって川が神々の聖婚と誕生の場であることを説き、⑤によって熊野とその温泉もまた再生の場であることを指摘した(4)。

また、学生の小レポートⒹに関して、閉じられた狭い空間を通して再生誕生が行われることを、⑥竹取物語のかぐや姫の出現の場面で示し、これが後世の資料⑦海道記では卵生説話として語られていることに注意を向け、聖なるものはこうした小さな中空の器を通して誕生するという物語の基本型のあることを論じた。

五　残された課題

授業に血を通わせる

このように、受講生の小レポートを受けて、教師が資料を追加しつつ講義を進める方法は、単に講義における説明の不足を補うのでもなく、受講生の質問に答えるのでもなく、受講生と問題意識を共有しながら講義を動的に展開させていくという点で、一方通行に陥りがちな講義形式の不備を補うことができる。また、たとえば学生による教員の授業評価の際に、授業計画通りの授業であったかどうかという観点の設定されていることが多いけれども、通常教師は学生の関心や達成状況を見ながら授業の水準や内容や方法を変えるし、また変えなければならない。この試みは、それをシステム化したもので、それによって対面授業の特徴を活かした、いわば授業に血を通わせる方法の一つであるといえよう。

ただし、実践の中ではいくつかの課題も見えている。

このような授業を行って、学期末の試験では、二問のうちの一問に「道成寺説話における変身の意味するものについて論述せよ」と出題した。これは、［1］女の蛇への変身（離れ屋あるいは川において)、[2] 僧の鐘の中での死を経て蛇への転生、[3] 後日譚における白拍子の鐘の中での変身と、三段階四種の変身が行われていること、その全体を視野に収めて論述することを求めている。受講生の多くが、小レポート及び追加教材による授業をふまえて解答しようとしていた。また、その授業と自分の問題意識と結びつけて問題を深めようとする解答も見受けられた。しかしながら、三段階四種の変身を視野に入れて、しかも変身の重層的な意味を析出している答案はさほど多くなく、どちらかといえば、受講生がそれぞれ説話から読みとった最も気がかりな問題が記述されていた。

成果の点検

このことは、教師によるレポートの扱いに対する受講生のさまざまな反応とも関係する。小レポートは1~5点で評価を行うが、どのようなレポートが高い評価を得るのか分からないとして、ある年度の受講生の言葉を借りれば、「授業中に出されるレポートの正しい解釈の仕方というのがいつも理解できなかった」と感じている受講生が少なくないということである。

この感想は、自分の読みを大切に思う余り、別の対立的な読み、かけ離れた読みと関わらせながら相対化することがいかにむずかしいかを物語っている。そして、第二節にあげた受講生の感想ⓐにあったように、授業に紹介するのは「解答を集めて良いものを配って」いると誤解されかねないことと表裏の関係にある。たしかに教師は高い評価を与えた答案を多く紹介するにはするけれども、実は3

点の評価しかしなかった答案も取り上げているのである。正しい一つの読み、そうでなくとも理想的な読みがあるという考えに立つ受講生には、不安や混乱を引き起こすのであろう。平成十五年度の授業感想の一つに次のようなものがあった。

ⓒ文脈の中で読み取る作業で想像力が養われた点はよかった。ただ、フォローアップに関して、数人の意見の評価にとどまらず、一つの明確な指針となる意見形成がもっとあってもよかったのではないかと思う。また、せっかく様々な文献をあたったのだから、それらの文献に共通した水に対する昔の日本人の考えを全体的にまとめとしてほしかった。

いかに読むかだけでなく、その読みがどこから導かれるのか、その読みが何に支えられるのか、という問いを立てることは卒業論文を書く程の学生にもむずかしい。教養教育の到達目標としては、ⓓ（中略）授業終了時に出すレポートは、最初はどう書けばいいのか分からないものばかりだったのも、真剣に考えるとこれも意外に楽しいものでした。考えることが多い授業だったと思います。とか、第二節に示したⓑの「他の人の意見やそれに関する解説を聞くことで思考の幅が広がったように思う」という感想を引き出せば十分というべきであろうか。

注

（1）この教育課程は、平成十五年度（二〇〇三）をもって廃止され、新たに平成十六年度から「21世紀熊本大学教養教育プログラム」と呼ばれる教育課程を実施に移した。

（2）この授業法については、森正人「授業中の小レポートを利用した教養教育――「日本の文学」の場合――」（『国語国文学研究』第三九号　二〇〇四年三月）に、平成十四年度までの数年間の試みの大概を報告した。

（3）私もかつて二編の論文を書いたことがあり、この時は「道成寺遡源」（『観世』第五二巻第八号　一九八五年八月）に論じた内容の一部を中心に据えて講義を行った。なお、この論文は本書第三章2「能「道成寺」遡源」として収録した。

（4）説経「をぐり」は、死んで餓鬼道に堕ちた小栗判官が熊野の湯でよみがえる物語である。現在の湯の峰温泉に小栗の入ったと伝えられる壺湯という場があって、明らかに母胎のイメージである。

初出に関する覚書

本書は筆者がこれまでに発表した論文、研究ノート、報告をもとに編集した。収録に当たり、統一を図るために表題を改め加筆し補正を施した。そのことに関する覚書を残す。

第一章　龍蛇と菩薩——救済と守護——
「龍蛇をめぐる伝承文学」『臺湾日本語文學報』第二六号　二〇〇九年一二月

第二章　東アジアの龍蛇伝承
「東アジアの龍蛇伝承」『熊本大学「地域」研究Ⅱ　東アジアの文化構造』九州大学出版会　一九九七年五月

第三章　龍蛇と仏法

1　水の童子——道場法師とその末裔——
「童形の雷神——道場法師とその末裔たち——」『説話文学研究』第三〇号　一九九五年六月
＊右は短小な研究ノートとして発表された。本書収録に当たり大幅に加筆した。

2　能「道成寺」遡源
「『道成寺』遡源」『観世』第五二巻第八号　一九八五年八月

第四章　龍宮伝承

1　東アジアの龍宮訪問譚
「アジアの龍蛇伝承――シンポジウムの司会を務めて後に――」『説話・伝承学』第二〇号
二〇一二年三月

2　龍宮乙姫考――御伽草子『浦島』とその基盤――
「龍宮乙姫考（上）――お伽草子《浦島》とその基盤――」『国語国文学研究』第二八号
一九九二年九月
「龍宮乙姫考（下）――お伽草子《浦島》とその基盤――」『国語国文学研究』第二九号
一九九三年九月

第五章　龍蛇と観音

1　観音像の背後に立つもの
「説話のなかの観音――日本におけるイメージ」『しにか』第五巻第一〇号　一九九四年一〇月

2　龍蛇・観音・母性――説話の変奏と創作――
「説話の変奏と創作――龍蛇・観音・母性――」『説話の講座　1』勉誠社　一九九一年五月

第六章　檜垣の嫗の歌と物語――伝承の水脈――
「檜垣嫗の歌と物語」『九州地区大学放送公開講座　日本文学（古典）と九州』熊本大学
一九九八年八月
「檜垣の媼伝承の水脈」『能楽観世座』観世文庫　二〇〇五年五月（『檜垣をめぐって』観世
宗家　二〇〇六年一〇月に再掲）
＊右の二編を統合した。
第七章　講義「水の文学誌」――実践の記録――
「学生の小レポートによって展開する講義――「水の文学誌」の場合――」『第五十三回九州
地区一般教育研究協議会議事録』　二〇〇五年一月

索引

［凡例］

一、本索引は、本書の第一章～第七章の本文、引用文および注における書名・作品名（能・語りものの曲名を含む）、人名、神名、仏名・菩薩名・天名、寺社名を検索できるよう、各項目を五十音順に掲げ、その表れる頁を示したものである。

二、書名および人名については原則として江戸時代以前の書物および人物とし、作家および小説、漫画については明治時代以降であっても立項する。

三、人名、書名、作品名、曲名、寺社名で同一名称のある場合には、書名・作品名は『 』、能・説経等の語り物は「 」を付して、紛れないようにした。

四、見出し項目について。

①同一事項で類似表記の項目が複数ある場合は、代表的な項目を見出しとして掲げた。

②（ ）内には類似表記の項目をまとめた。

③「↓」は、名称を異にする同一の事項を別に掲げていることを示す。

例：弘法大師　↓空海・高野大師

④一般名詞であって、特定の存在を指す場合は固有名詞として立項した。

例：龍女　※法華経堤婆達多品において成仏した龍王の娘。

⑤地名であって、社寺あるいは神仏等を指す場合は立項した。

例：厳島　香椎　信貴山

⑥人名において〔 〕を付して姓を補った場合がある。

例：俊蔭〔清原俊蔭〕

あ行

か 行

さ行

な行

は行

ま 行

後書き

本書が成るについては、必ずしも網羅的組織的に資料調査を行うこと、計画的に論文執筆を進めることを心がけてきたわけではない。機会を得てその時々に発表してきたものが篇を重ね、このようなかたちで一書にまとまることになった。本来形を持たないもの、人の目には見えないものが顕現する時の姿とそれに寄せる日本人の思念と感情、そしてその表現に関する問題意識を持続させてきたことのおのずからなる結果と言えようか。しかし、それも結局は龍蛇と菩薩に対する私自身の関心がそのように仕向けたのであろう。これらを執筆しながら、少年期に見聞きした習俗、時には参加することもあった宗教儀礼のことがしきりに思われた。

興味のおもむくにまかせて、あるいは思い入れを持って執筆したために、三十歳代に発表したものについては読み返すと冷や汗の滲むものがある。それを発表した時、同僚が、ある新進気鋭の芸能史研究者の感想を伝えてくれた。「○○先生でもここまでは書かない」と。聞いた瞬間胸中には軽い反発と小さな得意が点じたが、それを追いかけるように不安が一瞬よぎったのを今なお憶えている。

本書に収録した論文を発表する前、あるいは発表した後にも、これらの問題をたびたび授業で取り上げた。熊本大学、尚絅大学・尚絅大学短期大学部、非常勤講師を務めたそのほかの大学の教養教育から学部専門科目、大学院の分野横断的な基礎的科目、放送大学の対面授業、通信教育のスクーリング等、対象とする学生と授業科目の目的に合わせて、用いる教材、問題設定の範囲および課題の中心を変えつつ授業を行った。まったくの繰り返しでなかったこともあって、飽きることなく、それぞれに自分でも楽しく授業を運営することができた。興味を持って受講してくれた皆さんに御礼を申しあげたい。

本書の計画を廣橋社長に相談したのは四年ほど前になるであろうか。原稿整理の作業はなかなか進まなかった。進まなかった理由ならここにいくつも並べることはできるが、根本の原因は私の怠慢である。和泉書院には迷惑をかけてしまった。それでも、根気よく待っていただき、作業の進捗を巧みに促してくださったのはありがたいことであった。

校正については坂田一浩君の全面的な協力を得た。引用文献の確認、引用文の点検に関して煩瑣な作業を強いてしまった。君の協力がなければ、本書の完成は今なおおぼつかない状況にあったであろう。感謝の思いは言葉に尽くしがたい。

二〇一八年七月一五日

森　正人

著者略歴

森　正人（もり　まさと）

1948年生。
熊本大学法文学部卒業。
東京大学大学院人文科学研究科博士課程を経て、1976年より愛知県立大学・愛知県立女子短期大学講師、後に助教授、1986年より熊本大学文学部助教授、後に教授。
2014年３月定年により熊本大学退職、同年５月熊本大学名誉教授。
2015年４月より尚絅大学・尚絅大学短期大学部学長、2019年３月任期満了により退任。
主要著書　『今昔物語集の生成』（和泉書院　1986年）
　　　　　『今昔物語集　五』（岩波書店　1996年）
　　　　　『場の物語論』（若草書房　2012年）
　　　　　『古代説話集の生成』（笠間書院　2014年）

龍蛇と菩薩　伝承文学論　　**和泉選書 189**

2019年６月21日　初版第一刷発行

著　者　森　正人
発行者　廣橋研三
発行所　和泉書院
〒543-0037　大阪市天王寺区上之宮町7-6
電話06-6771-1467／振替 00970-8-15043
印刷・製本　太洋社
装訂　仁井谷伴子

ISBN978-4-7576-0911-2　C1395　定価はカバーに表示